삶이 값진 것은
사라지기 때문입니다

삶이 값진 것은
사라지기 때문입니다

지은이 월호 스님

1판 1쇄 발행 2013년 3월 26일
1판 7쇄 발행 2017년 3월 17일

대표 권대웅
편집 도은숙 송희영
디자인 고광표
마케팅 노근수

발행인 신혜경
발행처 마음의숲
출판등록 2006년 8월 1일(105 - 91 - 03955)
주소 서울시 마포구 동교로 144 - 13(서교동 463 - 32, 2층)
편집 (02) 322-3165 │ 마케팅 (02) 322-3164
마음의숲 페이스북 http://facebook.com/maumsup
값 14,000원  ISBN 978-89-92783-70-5 (03810)

저자와 협의하여 인지를 생략합니다.
저자와 출판사의 허락 없이 내용의 일부를 인용, 발췌하는 것을 금합니다.
잘못 만들어진 책은 구입하신 곳에서 교환해 드립니다.

마음의숲에서 단행본 원고를 기다립니다.
따뜻하고 생동감 넘치는 여러분의 글을 maumsup@naver.com으로 보내 주세요.

이 도서의 국립중앙도서관 출판시도서목록(CIP)은 e-CIP홈페이지(http://www.nl.go.kr/ecip)와 국가
자료공동목록시스템(http://www.nl.go.kr/kolisnet)에서 이용하실 수 있습니다.
(CIP제어번호: CIP2013001509)

행불선원 홈페이지 http://www.haengbul.co.kr

인생의 아름다운 마지막을 위한 이야기

# 삶이 값진 것은
# 사라지기 때문입니다

월호 지음

마음의숲

# 값진 오늘이 모여 만드는
# 아름다운 마침표

불교에서는 지금의 이 세상을 '사바세계'라고 합니다. 산스크리트 Saha에서 온 사바란 참고 견디는 것, 즉 이 세상은 참고 견뎌 나가는 세상이라는 의미입니다. 살아가면서 부딪히는 수많은 고통, 슬픔, 이별, 아픔, 시련들을 견디고 이겨 내야 하는 것이 이 세상입니다. 그 과정들을 견뎌 내야만 영혼이 성장해 품격을 쌓을 수 있으며 또한 덕망을 쌓고 행복할 수 있습니다. 이것이 바로 우리가 이 세상을 살아가면서 거쳐야 할 단계인 것입니다.

그러기 위해서는 우선 불안한 우리의 마음을 안정시켜야 합니다. 나 자신의 그릇을 채워야 한다는 말입니다. 우리가 궁극적으로 추구해야 하는 안심은 스스로 터득해야 하는 것입니다. 내가 지금 느끼는 불안은 모두 주인이 아닌 손님에 불과합니다. 내가 주인이 되어 담벼락처럼 여여부동하게 관찰하면 마음이 아무 데도 속하지 않음을 알게 됩니다.

내 마음 속에서 불안이 생겨나고 머무르다 점차 사그라져서 마침

내 사라지는 과정을 주의 깊게 지켜보아야 합니다. 이때 유념할 것은 다만 지켜보고만 있어야 한다는 것입니다. 붙들고 시비하거나 자꾸 건드리면 불안이 더욱 커질 수 있습니다.

죽음 또한 마찬가지입니다. 누구에게나 죽음은 불안한 존재처럼 느껴집니다. 그러나 죽음이 삶을 비춰 주는 불빛과 같다는 사실을 알아야 합니다. 그래야 지금의 삶을 바로 볼 수 있기 때문이지요. 우리 옆에 머물고 있는 죽음이라는 그림자를 관찰하세요. 죽음이 현재 내 삶의 방향을 제시해 줄 것입니다.

후회를 남기지 않고 완전연소하는 삶, 그리고 인생의 마침표를 잘 찍는 것well-dying은 이처럼 지금을 잘 살고well-being, 오늘의 인연을 소중히 여기는 것에서 시작합니다. 마음과 정신, 유전자에 축적된 성향이 지금의 나를 만들었습니다. 그리고 여기까지 오게 해 우리는 만나게 되었습니다. 이러한 인연이 습쩗입니다. 오늘 내린 빗방울을 맞는 것도, 아침에 문득 보게 된 꽃도, 오가다 만나는 벗들도 습쩗입니다. 만나고 사랑하고 싸우고 배우면서 우리는 성장합니다. 그곳에 우리가 살아가야 하는 이유도 있습니다. 현재의 삶을 있는 그대로 받아들여 최선을 다해 완전연소하는 것이 곧 아름다운 마침표를 찍을 수 있는 길입니다.

오늘도 행복하겠습니다.

행불사문 월호 합장

# 1장

# 넓혀가기

마음공부는 자기 마음을 가리키는 손가락입니다. 이는 달을 가리키는 손가락과 같아서 자기 마음을 반추反芻하고 성품을 보는 데 꼭 필요합니다. 타인의 마음을 닦아 주려고 안달하지 말고 내 마음부터 닦아야 합니다. 그것이 진정한 공부입니다. 그래서 내가 먼저 행복의 충만함을 느끼고, 남들을 행복하게 해 주는 것이 바로 공부의 완성입니다.

# 어떻게
# 살아야 할까

"나를 묻을 땐 내 손을 무덤 밖으로 빼놓고 묻어 주게. 천하를 손에 쥔 나도 죽을 땐 빈손이란 걸 세상 사람들에게 말해 주고 싶다네."

페르시아 제국을 정복하고 이집트, 유럽, 아시아, 아프리카에 걸쳐 많은 땅을 정복한 알렉산더 대왕이 죽으며 남긴 마지막 말입니다. 스무 살의 나이에 왕이 되어 세계를 정복한 그는 이렇게 말했습니다.

"더 이상 정복할 땅이 없으니 나는 이제 심심해서 어떡하나."

그는 인도를 정복하려고 공략하던 중 열병으로 사망했습니다.

10년 넘게 계속된 원정 생활에서 오는 피로와 병사들의 반란으로 극심한 스트레스에 시달렸다고 합니다. 당시 그의 나이는 서른세 살에 불과했습니다. 한 철학자가 그의 죽음 앞에 이렇게 말했습니다.

"어제는 온 세상도 그에게 부족했으나 오늘은 두 평의 땅으로도 충분하네. 어제는 그가 흙을 밟고 다녔으나 오늘은 흙이 그를 덮고 있네."

신하들은 알렉산더의 병세가 악화되자 세계를 정복한 대왕답게 거창한 유언을 남길 것이라고 생각했습니다. 그런데 결국 죽을 때는 자신도 빈손으로 돌아간다는 것을 깨닫고 또 후세 사람들에게도 알려 주고 싶었던 모양입니다.

얼마나 가질 것인가요?
살아가는 동안 얼마나 모으고 넓히고 높일 것인가요?

높은 빌딩을 사들이고 수많은 땅과 돈을 축적하며 산 사람이 있었습니다. 그의 나이 70세. 위암에 걸렸습니다. 사람들은 그에게 오래 산 편이라고 말했지만 정작 죽음을 앞둔 당사자는 그렇게 생각하지 않았습니다. 평생을 모은 재산을 두고 죽으려니 너무 억울했던 것입니다.

남은 시간은 6개월 정도. 그는 점점 다가오는 자신의 죽음을 받아들이지 않고 전국 방방곡곡 유명하다는 병원과 의사를 찾아다녔습니다. 그리고 병에 좋다는 약과 민간요법까지 모두 동원해 병이 낫기를 바랐습니다. 인생 70년이 너무 짧다는 생각에서였습니다. 그는 자신이 사들인 높은 빌딩 앞에서 이렇게 말했습니다.

"저것들을 두고 어떻게 죽나!"

하루는 통장을 보며 안타까워하고 또 하루는 사들인 땅에 찾아가서 억울한 심정을 토로하며 남은 시간을 보냈습니다.

이북에서 태어난 그는 여섯 살에 한국전쟁이 일어나자 월남하여 편모슬하에 자라다가 병으로 어머니가 돌아가시자 홀로 세상에 버려졌습니다. 거지처럼 생활하며 폐품 수집과 구두닦이, 신문팔이 등 안 해 본 일이 없었습니다. 이 세상을 살아가는 데 제일 무서운 것이 가난이라는 사실을 몸소 체득했던 것이지요.

돈이 없으면 사람은 짐승이나 다름없다고 그는 늘 생각했습니다. 그렇게 악착같이 돈을 모으고 좇다 보니 재산이 불어났고, 집을 사고 다시 팔아 건물을 사던 중 운 좋게 그가 사들이는 땅과 건물들이 시간이 지나면서 값이 천정부지로 뛰기 시작했습니다.

그의 취미라고는 오직 돈 모으는 것뿐이었습니다. 절약이 몸에 배어 옷이나 가구, 가전제품도 제대로 살 줄 몰랐습니다. 그의 넓은 집은 오래된 소파와 낡은 가구뿐, 그 흔한 화병이나 꽃 한 송이 없었습니다. 돈을 벌고부터는 오직 쓰는 일이 고기를 사 먹는 것이었습니다. 매일 집에서 고기를 구워 먹다 보니 집안에는 온통 고기 냄새가 가득 배어 있었습니다.

그와 40년을 같이 산 부인마저도 절약만 하며 사는 남편에 맞춰 살다 보니 통장에 아무리 많은 돈이 모여도 제대로 쓸 수 없었습니다. 쓰지 않고 모으는 것만이 기쁨이자 보람이고 취미였던 70세의 노인. 그는 죽기 하루 전날도 자신의 빌딩을 바라보며 아쉬워했다고 합니다.


노인이 죽은 후 그가 가장 사랑했던 빌딩 앞에 자식들이 동상을 세워 주었습니다. 무릎 위에 양손을 펼치고 편안하게 앉아 있는 동상이었습니다. 그런데 어느 날 그의 동상에 누군가 낙서를 해 놓았습니다.

"빈손."

건물을 드나드는 사람들이 그 글을 보며 모두 씁쓸한 미소를 지었습니다. 악착같이 모으며 살던 노인에게 그 말이 의미하는 것이 무엇인지 사람들은 알았기 때문입니다. 벌어도 쓰거나 나눌 줄 몰랐던 노인. 빈손 동상이 유명해지기 시작하자 자식들에 의해 결국 동상은 치워졌습니다. 노인의 자식들은 아버지의 재산으로 인해 지금껏 분쟁을 하고 있습니다.

이 이야기가 많은 생각을 던져 줍니다. 살아서 "회장님"이라고 불렸지만 결국은 "노인네"로 남은 그의 일생. 그래도 그의 일생은 아름다웠다고 말할 수 있을까요?

돈을 쓰지는 못하고 모으기에 급급한 것, 그러다가 조금만 빠져 나가도 불안해하는 것, 이러한 마음도 일종의 병입니다. 살면서 빈손이라는 것을 자주 의식해야 합니다. 세수할 때 양손에 비누칠을 하면서 '그래, 빈손이다. 이 정도면 많은 것 아닌가!' 라는 생각도 해야 합니다. 그것이 내려놓는 연습입니다. 불교에서는 이것을 방하착放下着이라고 합니다. 마음을 내려놓으라는 뜻으로 애착을 쉬라는 말입니다.

✻

모두가 빈손으로 갑니다. 알렉산더 대왕도, 광개토 대왕도 수십 층 높은 건물을 가지고 좋은 차를 타던 사람도, 아흔아홉 칸 집을 가지고 많은 하인들을 거느리고 살았던 사람도, 대통령도, 돈 때문에 서로 싸우던 사람들도, 돈을 벌려고 발버둥 치던 사람들도 모두 빈손으로 갑니다.

빈손, 오직 바람만이 손아귀에 부딪혔다가 빠져나갈 뿐, 모든 것이 빈손으로 지나가는 바람일 뿐, 허공일 뿐. 어떻게 살다 가야 할까요.

．．．．．．

진짜 삶이란 견디는 것입니다. 버티는 것과는 좀 다릅니다. 다투다 정
든다고 합니다. 부딪히며 쌓이는 것이 있다는 말입니다. 서로 부딪혀
스며들어야 합니다. 깎아내리지 말고 스펀지가 물기를 빨아들이듯 흠
도 끌어안아야 합니다.

# 삶과 죽음의
# 이어달리기 속에서

　우리는 늘 삶과 죽음의 경계에 서 있습니다. 우리가 당장 눈앞에 닥친 문제들을 해결하는 동안 죽음은 내 곁에 서 있는 것이지요. 누군가는 죽음이 삶을 향해 달려오는 것이라고 말합니다. 반대로 삶이 죽음을 향해 달려가는 것이라고 표현한 사람도 있지요. 확실한 건 죽음은 그 누구도 피할 수 없는 일이라는 것입니다.

　삶과 죽음은 계절과 같습니다. 겨울이 끝나고 봄이 오듯 삶이 끝나야 비로소 죽음이 오는 것입니다. 생을 살고 있는 사람의 입장에서는 생을 마감하는 것이 죽는 것이지만, 죽은 사람 입장에서 죽음은 새로 태어나는 것입니다. 이것이 바로 불교에서 죽음을 바라보는 '윤회설'입니다.

불교에서는 죽은 이들의 대부분은 바로 다시 태어나거나 49일간의 유예기간을 갖는다고 믿습니다. 49일간의 시간은 다른 곳으로 가기 위해 거치는 '환승역' 같은 것입니다.

이때 우리가 어떤 삶을 살았는지에 따라, 우리가 평소에 마음을 어떻게 썼느냐에 따라 죽음 뒤의 삶이 달라집니다. 말하자면 삶이라는 기차를 타고 있다가 죽음이라는 기차로 바꿔 타는 것이지요. 살아가는 동안 자기 마음을 쓴 대로 말입니다.

죽음 후에 새로운 삶이 돌아오는 것이라고 생각하면 '까짓것 죽기밖에 더하겠어?'라는 마음으로 담담하게 삶을 대할 수 있습니다. 죽음도 이 몸뚱이에서의 죽음일 뿐이고, 다시 다른 존재로 태어나기 때문입니다. 결국 중생들은 모두 영생합니다. 애착이 남아 있는 한 결코 죽지 못하는 것이지요. 완전히 죽을 수 있는 존재는 아라한의 경지에 도달한 이들뿐입니다.

그렇다면 죽음을 어떻게 맞이하시겠습니까? 아마 요즘 사람들은 스마트폰을 들여다보거나 키보드를 두드리며 죽음을 맞이할지도 모를 일입니다. 그러나 삶이 편리해졌다고는 하나 그것은 빠름을 위한 삶이지 진정한 삶이 아닙니다.


옛날에는 서서 죽거나 앉아서 죽는 사람들이 많았다고 합니다. 중국 송나라 때 구양수라는 유명한 문인이 있었습니다. 그가 한 절에 도착해 마침 경을 읽고 있던 스님에게 물었습니다.

"옛날에 공부하는 사람들은 앉아서 죽고 서서도 죽었는데, 요새는 왜 그런 얘기가 들리지 않소?"

스님이 대답했습니다.

"옛날 사람들은 평소에 바쁘지 않아서 그렇소. 평소에 바쁘지 않은 사람이 죽을 때 뭐가 바쁘겠소. 바쁘지 않으니까 앉아서 죽고 서서도 죽는 것은 그 사람의 일이지, 그것이 어찌 특별하다고 하겠소."

문인이 다시 물었습니다.

"그럼 요새 사람들은 어째서 그렇소?"

이에 스님이 대답했습니다.

"요즘 사람들은 평소에 아주 바쁘기 때문이오. 발버둥 치며 살다가 죽을 때에는 기진맥진하여 쭉 드러눕기 때문에 그렇게 되는 것이오."

이 이야기는 송나라 때부터 전해진다고 하지만 요즘 사람들에게 하는 말처럼 들립니다. 현대인들이 가장 잘 쓰는 말 가운데 하나가 '바쁘다'는 말일 것입니다. 심지어는 '바빠 죽겠다'는 표현도 즐겨 듣게 됩니다. 송나라 때에도 사람들이 바쁘기 짝이 없었다고 하니 요즘처럼 기술 문명이 발전한 시대에 바쁜 것은 당연하다고 생각할 수도 있을 것입니다. 오히려 바쁘지 않은 사람이 이상할 지경입니다. 무언가 남에게 뒤처지는 것만 같고, 시간을 낭비하는 것 같기도 해서 일부러라도 바쁜 척을 해야만 잘 사는 것처럼 느껴지는 세상이니까요.

그러나 생각해 보면 살아서 마음이 한가해야 죽더라도 편안하게 마무리를 지을 수 있습니다. 마음이 자유로워야 한다는 뜻입니다. 우리에게 앉아서도 죽고 서서도 죽을, 다시 말해 삶에서 자신의 수행을 선택할 수 있는 기회를 줍시다.


＊

마음이 한가해지려면 어떻게 해야 할까요? 우선 삶과 죽음에 대한 견해가 제대로 정립되어야만 할 것입니다. 인생은 결코 일회성의 단거리 경주로 끝나는 것이 아닙니다. 여름의 끝이 가을로 이어지고, 가을의 끝이 겨울로 이어지는 것처럼 삶과 죽음도 계속해서 이어지는 것입니다. 지금도 우리는 삶과 죽음의 이어달리기를 하고 있습니다.

# 분노의
# 노예가 될 것인가

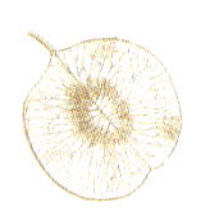

누가 나를 해롭게 한다고 해서 화를 내는 것은 누구나 할 수 있는 일입니다. 그러나 화내지 않을 뿐만 아니라 상대방에게 자비심까지 베풀 수 있다면 진정 보살이자 성인이라고 할 수 있을 것입니다.

예컨대 어떤 사람이 나한테 평상시에 잘해 주었다고 합시다. 그래서 "아, 저 사람 참 고마운 사람이다. 내가 언젠가 저 사람에게 은혜를 갚아야지"라고 마음먹고 있는데, 별것도 아닌 일로 나에게 화를 버럭 내면 비록 그것이 한 번일지라도 서운한 마음이 드는 게 사람입니다. 한 번의 성냄으로 여태껏 쌓아 온 관계를 모두 무너뜨리게 되는 셈입니다. 얼마나 낭비인가요? 이처럼 화를 자주 내는 사람은 자신의 공덕을 다 깎아먹게 됩니다.

　공덕을 쌓기는 어려워도, 없애기는 쉽습니다. 화는 모든 공덕을 무너뜨리는 불씨입니다. 그동안 남들에게 베풀며 많은 공덕을 쌓았더라도, 화를 한 번 벌컥 내면 그 공덕의 무더기에 불을 붙인 꼴이 되어 삽시간에 타 버리고 맙니다. 공든 탑이 무너지듯 말입니다.

　금강산 표훈사에 돈도암이라는 암자가 있었습니다. 이곳에는 홀로 오랫동안 수행하던 홍도라는 비구승이 살았습니다. 어느 날 홍도 스님은 병에 걸려 나무 아래에 누워 있었습니다. 그때 어디선가 솔바람이 불어왔습니다. 바람은 스님이 덮고 있던 이불을 걷어 버렸습니다. 설상가상으로 나뭇가지마저 날아와 스님의 얼굴을 때렸습니다. 스님은 그만 화를 벌컥 냈습니다. 그러자 스님의 몸이 점차 흉측한 뱀의 몰골로 변하고 말았습니다. 스님은 후세의 사람들에게 교훈을 주고자 뱀 꼬리로 다음과 같은 글을 지었다고 합니다.

　"인간의 몸으로 오랜 기간 수행하여 이제야 비로소 깨달음에 근접했다 생각했는데, 잠깐 동안 마음을 다스리지 못하고 화를 내어 뱀의 몸뚱이를 받게 되었구나. 평소에 아무리 사람 됨됨이가 좋고 수행을 많이 했다 하더라도 화내는 마음을 끊지 못하면 이런 결과를 얻게 된다. 모두 이를 거울삼아 화가 나려 할 때는 내 이야기를

내가 받은 상처는 모래에 기록하라고 했습니다. 바람과 함께 떠돌아다닐 가벼운 것으로 여기라는 말입니다.
그러나 남에게 준 상처는 돌에 기록해야 할 것입니다. 오래도록 잊히지 않게 마음에 담아 뉘우쳐야 합니다.

떠올려라."

우리는 일상생활에서 무수히 화를 내며 살아갑니다. 당장 오늘 아침을 떠올려 보세요. 출근길 지하철에서 나를 밀치고 지나간 뚱뚱한 아저씨, 이어폰 볼륨을 조절하지 않고 옆 사람에게 피해를 주는 학생, 노인에게 자리를 양보하지 않고 자는 척하는 아가씨 등…. 거슬리는 행동에 우리는 눈살을 찌푸립니다. 이것이 심해지면 지하철 막말녀 동영상처럼 고성이 오가는 싸움이 일어나는 것입니다. 수많은 묻지마 살인, 성폭행 등의 범죄도 화를 다스리지 못해서 생겨납니다. 자신의 분노를 통제하지 못해 그 분노의 화살이 타인을 향하는 것이지요.

이와는 반대 사례가 부처님의 제자 사리불 이야기입니다. 별 이유 없이 자신의 뺨을 후려갈기고 침을 뱉으며 모욕을 준 바라문에게 사리불은 담담히 대처했습니다. 그리고 이렇게 말합니다.

"내가 느끼는 이 불쾌함과 고통은 인연에 따라 생겨난 것이다. 인연 따라 생겨난 것은 인연 따라 없어지게 마련이다. 불쾌함과 고통의 원인이 된 이 몸 역시 덧없는 것이다. 따라서 '나' 또는 '나의 체험'이라고 고집할 만한 것이 아니다."

사리불의 말대로 분노, 억울함은 존재가 없는 것입니다. 우리의 몸과 마음은 지금도 이미 사라지는 중입니다. 곧 없어질 몸과 마음을 가지고 누구의 것을 탐내고, 누군가에게 분노하는 것이 무슨 의미가 있을까요? 그래서 현명한 사람은 분노를 잘 다스릴 줄 압니다. 분노의 꼬리에 매달려 끌려가는 것이 아니라 분노의 고삐를 쥐락펴락하는 사람입니다. 분노의 주인이 될 것인가, 분노의 노예가 될 것인가. 우리는 어떤 길을 선택해야 할까요.

＊

분노를 알아차리세요. 분노를 직시하십시오. 그리고 분노의 머리 위에 올라타세요. 그것만이 내 안의 감정을 비우고 다음 세상까지 덕을 가져가는 길입니다.

# 마음을 돌이키는 이는 누구인가

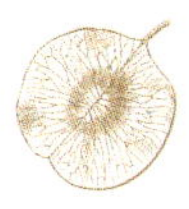

"나의 천적은 무엇일까요?"

이런 질문을 던지면 대답은 각양각색입니다. 자신을 괴롭히는 사람, 직장 동료나 배우자 등 다른 사람을 지칭하는 이도 있고, 고질병 혹은 자신의 게으름이라고 말하는 이도 많습니다. 저마다 자신의 입장에서 여러 가지 생각이 있을 수 있겠지만 불교적 입장에서 자신의 천적은 바로 자기 자신이라고 말합니다.

나 자신의 삼독심三毒心이야말로 나의 천적입니다. 욕심과 성냄, 그리고 어리석음. 이 세 가지는 우리의 몸과 마음을 갉아먹어 무너지게 만들기 때문에 독사의 독보다 더욱 무섭다고 합니다. 그래서 세 가지 독이 되는 마음, 즉 삼독심이라고 부르는 것입니다. 이러한 삼독심은 습관화된 기운이기 때문에 중생들의 삶을 거의 지배하고 있다고 해도 과언이 아닙니다.

불교는 물론, 대부분의 종교에서 욕심을 줄여라, 성을 내지 말라, 어리석은 언행을 하지 말라고 마르고 닳도록 가르칩니다. 그런데 그리 큰 성과가 있지는 않은 것 같습니다. 그만큼 삼독심은 사람들에게 깊숙이 배어들어서 이를 끊는다는 것은 거의 불가능하지 않을까 하는 생각이 듭니다. 더구나 각종 매체들은 상업적 목적으로 경쟁이라도 하듯 사람의 욕심을 충동질하고 있는 형편입니다.

이런 와중에 일반인들이 생활 속에서 삼독심을 없애려고 마음먹는 것은 오히려 스트레스를 가중시키는 결과를 가져오게 됩니다. 여러 생을 통해서 누적된 습관은 쉽게 끊어지는 것이 아니기 때문입니다.

따라서 대승불교에서는 존재의 속성이라 할 수 있는 탐貪, 진瞋, 치痴 자체를 인위적 노력을 통해 완전히 없애려는 노력을 하지는 않습니다. 오히려 그러한 에너지의 방향을 전환시켜 도道의 방편으로 삼으려 합니다.

다시 말해 개인적 탐욕심은 '본마음 참 나'가 있음을 굳게 믿고 이를 밝히고자 하는 대신심大信心으로, 타인에 대한 성냄은 자기 자신에 대한 대분발심大奮發心으로, 어리석고 우둔한 마음은 지혜를 밝혀나가고자 하는 대의심大疑心으로 전환시켜 써 나가도록 하는 것입니다. 이러한 대신심과 대분심, 그리고 대의심은 바로 우리 마음을 옳은 방향으로 이끄는 세 가지 비결입니다.


＊

그렇다면 이렇게 마음을 돌이키는 이는 누구일까요?
〈도덕경〉에 이릅니다.
"근기根氣가 높은 사람은 도를 들으면 부지런히 행하고, 근기가 보통인 사람이 도를 들으면 반신반의하며 근기가 낮은 사람이 도를 들으면 웃어 넘긴다."
자신이 먹은 마음이 행동을 일으키는 가장 근본인 셈입니다.

완전한 존재는 없습니다. 때문에 모자란 부분을 채워 갈 때 우리는 행복하다고 느낍니다.
마음먹는 만큼 행복해집니다. 스스로 행복하다고 생각하는 자신에게 달려 있습니다.

# 귀로 보고
# 눈으로 들으세요

　산사에 사는 최상의 낙 가운데 하나는 끊임없이 흘러내리는 계곡 물소리를 들을 수 있다는 점입니다. 하지만 계곡 가운데 앉아서도 때때로 딴생각을 하게 되면 물소리가 잘 들리지 않습니다. 아니, 들리는지 안 들리는지 의식조차 되지 않습니다.

　보는 것도 마찬가지입니다. 비록 꽃이 화사하게 피어 있다 하더라도, 마음의 초점이 다른 곳을 향하면 이미 그 꽃이 제대로 눈에 들어오지 않습니다. 그래서 어떤 이가 봄을 찾아 짚신이 다 해어지도록 돌아다니다 집에 돌아와서야 울타리에 매화꽃이 피어있음을 발견했다는 시구도 전해지는 것입니다.

이것은 집에서도 실험을 할 수 있습니다. 예컨대 응접실에 괘종 시계가 놓여 있다고 합시다. 시계는 종일 똑딱똑딱 쉬지 않고 소리 내고 움직입니다. 그러나 우리의 귀가 항상 열려 있음에도 괘종시계 소리가 들리지는 않습니다. 비록 응접실에 있지만 다른 생각이나 다른 일에 열중해 있는 동안은 그런 시계 소리가 들리는지 의식조차 되지 않습니다.

카메라로 사진을 찍을 경우도 마찬가지입니다. 예컨대 인물과 배경을 함께 찍는 경우, 인물에 초점을 맞추면 배경이 희미하게 나옵니다. 배경에 초점을 맞출 경우 인물이 희미하게 나옵니다. 우리의 시선도 이와 같습니다. 비록 전방을 주시하고 있다고 할지라도 어느 부분에 초점을 맞추는지에 따라 잘 보이기도 하고 안 보이기도 합니다. 이것은 눈이 보는 게 아니고, 귀가 듣는 게 아니라는 사실을 가르쳐 줍니다. 눈과 귀는 다만 그 매개체 역할을 할 따름입니다.

진정으로 보고 듣는 성품은 따로 있습니다. 여기서 한걸음 더 나아가, 귀로 보고 눈으로 듣는다는 말도 있습니다. 귀로 보고 눈으로 듣는다고요? 무슨 화두 같은 소리냐고 할지도 모릅니다. 하지만 실제로 몇 해 전 중국의 몇몇 아이들이 귀로 글을 읽는다는 소식이 일간신문의 해외 토픽 란을 장식한 적이 있습니다. 눈을 완벽히 가리고 귀에 책을 갖다 대면 그 글을 바로 읽어 내는 것입니다.

 기이한 현상이기는 하지만 충분히 가능한 일입니다. 보는 성품과 듣는 성품이 다른 것이 아니기 때문입니다. 눈과 귀는 다만 매개체 역할을 할 따름입니다. 진정 보고 듣는 성품은 따로 있습니다.


 들음을 떠나 돌이켜 들어야 합니다. 이따금 찾아오는 신도들, 특히 도시에 살고 계신 분들은 꼭 이런 말을 던지곤 합니다.

 "아유, 스님은 복도 많으시네요. 이렇게 좋은 곳에서 살고 계시니 말이에요."

 정말 그런 것 같습니다. 일반인들은 1년에 한두 번씩 와서 있기도 어려운 그런 산 좋고 물 좋은 곳에 사는 스님들은 얼마나 복이 많은 것일까요.

 비가 자주 내리는 여름철은 국사암 계곡의 수량이 가장 풍부한 계절입니다. 맑은 물이 콸콸 소리를 내며 끊임없이 흘러내립니다. 쌍계사에서 아침 일찍 강의를 마치고 오솔길을 따라 걸어 올라오면 땀이 나게 마련입니다. 곧바로 계곡에 가 세수 한바탕하고 서 있으면 신선하고 상큼한 골바람이 전신을 스칩니다. 한낮의 더위에도 잠깐이나마 발을 걷어 계곡에 담그고 나서 바위에 앉아 흐르는 물을 바라보면 어느덧 머릿속까지 상쾌해집니다.

 저녁나절에는 감나무 짙은 녹음 아래 평상에 앉아 계곡의 물소리만 듣고 있어도 가슴이 서늘해지는 듯합니다. 저 멀리 바라보이는 백운산의 운무는 새파란 하늘과 더불어 얼마나 아름다운지. 때로는 넋을 잃고 바라볼 지경입니다.

자연은 풀 한 포기 나무 한 그루조차 각자 저마다의 위치에서 할 일을 하면서 아름답게 조화를 이루고 살아갈 뿐입니다. 누가 멋지고 예쁘다고 칭찬한다 해서 스스로 뽐내는 법도 없고, 추하거나 싫다고 꾸짖는다 해서 기분 나빠하지도 않습니다.

그러나 사람은 그렇지 않은 것 같습니다. 심지어 공부를 제법 했다고 하는 사람들조차 자신이나 자신이 속한 집단에 대한 평가에 민감해지기 쉽습니다. 부설 거사의 글이 있습니다.

눈으로 보는 바가 없으니 분별이 없고
귀로 듣는 소리 없으니 시비가 끊어졌다.
분별 시비를 모두 놓아버리니
다만 심불이 스스로 귀의함을 보더라.
_부설 거사

외부에서 들리는 소리는 덥게도 시원하게도, 좋거나 나쁘게도 생각될 수 있습니다. 하지만 그 소리를 듣는 성품은 어떠할까요?

나를 안 좋게 말하고 폄하하는 소리에 금세 기분이
나빠지는 내 성품 자리를 먼저 돌아보는 것이 참 공부
가 아닐까요. 귀로 보고 눈으로 듣는 것과 같은 무심
함이 필요한 때가 있습니다.

# 화두가
# 있어야 합니다

예전에 보았던 영화 포스터에 이런 글귀가 있었습니다.


"시선을 떼지 말라."
"방심하지 말라."
"사랑에 빠지지 말라."


영화의 주인공인 경호원이 지켜야 할 수칙이었습니다. 자신이 경호하고자 하는 인물에게서 시선을 떼어서는 안 될 것이며, 아울러 그 주변의 상황까지 한 치라도 방심해서는 안 된다는 겁니다. 또한 경호해야 할 사람과 사랑에 빠지게 된다면 경호원으로서 갖추어야 할 냉정한 객관적 통찰과 판단을 잃게 된다는 의미일 것입니다.

이러한 문구를 보면서 참선하는 사람의 화두도 이처럼 하면 될 것이라는 생각이 들었습니다.


첫 번째로 화두는 시선을 떼지 않는 것입니다. 앉으나 서나, 오나가나 화두만 끊임없이 지켜보는 것입니다.

두 번째, 화두는 방심하지 않는 것입니다. 화두를 들되 건성으로 드는 것이 아니라 주시를 해야 합니다. 이것은 깨어 있어야 함을 말합니다. 즉 멍한 상태가 아니라 깨어 있는 상태에서 주시를 해야 한다는 말입니다.

마지막으로 화두와 사랑에 빠져서는 안 됩니다. 흔히 화두를 들라고 하면 화두에 집중하는 것으로 생각하기 쉽습니다. 그러나 억지로 집중하려다 보면 머리가 아파지기 시작합니다.


화두는 집중하는 것이 아닙니다. 간호하는 것입니다. 마치 간호사가 환자를 간호하듯이 하는 것입니다. 환자를 간호한다고 해서 아무것도 하지 않고 환자 곁에 24시간 붙어 서서 계속 지켜보는 것은 아닙니다. 이런저런 자신의 볼일을 빠짐없이 보면서도 환자의 동태에 계속 신경을 쓰고 있는 것입니다.

그러다가 때가 되면 가서 주사도 놓고, 약도 주면서 주의를 놓치지 않고 있는 것입니다. 화두를 든다거나 참구한다고 하면, 도대체 무슨 소리인지 감이 잘 안 잡힌다고 하는 분들이 있습니다. 화두를 어떻게 들어야 하는지 묻는 이도 많습니다.

*

화두를 드는 것은 그리 어렵지 않습니다. 자신이 지켜야 할 대상을 철두철미하게 관찰하는 경호원처럼 화두의 완벽한 관찰자가 된다면 가능합니다. 그저 옆에 두고 무심히 지켜보며 가끔 마음에 등을 켜고 화두가 생생한 것을 느껴 보세요.

# 마음이 먼저
# 몸은 나중입니다

'의도대로 행동하기'는 삶 가운데서도 쉽게 연습할 수 있는 수행 방법입니다. 이것은 평상시에 무심코 하는 행동을 먼저 마음속에서 지시한 후에 하는 것입니다. 즉 선先 지시, 후後 행동의 형태를 말합니다. 예컨대 밥을 먹을 때 우선 '숟가락을 든다' 하고 마음속으로 생각한 연후에 숟가락을 드는 것입니다. '밥을 한 숟가락 뜬다' 하고 밥을 뜨고, '입에 넣어 씹는다' 하고 입에 넣어 씹는 것입니다.

사찰에서 하는 발우 공양도 여기에 입각해서 실시된다고 볼 수 있습니다. 발우 공양을 하다 보면 음식을 탐내는 마음으로 먹는 것이 아니라, 다만 법을 닦고 육신을 지탱하기 위한 방편으로 먹는 것입니다. 물론 스물네 시간을 이렇게 하기는 어렵겠지만 한 가지 일, 다만 10분이라도 시간을 정해 놓고 연습하다 보면 귀중한 체험을 얻을 수 있습니다.

마음이 먼저고, 존재가 나중이라는 것을 깨달아야 합니다. 일체유심조一切唯心造의 도리라고나 할까요. 살다 보면 처음에는 분명 마음이 몸을 만들었는데, 그 몸뚱이에 마음이 도리어 영향을 받고, 그래서 주와 객이 불분명한 상태에서 사는 경우가 태반입니다. 따라서 '의도대로 행동하기'는 근원 자리로 돌아가는 좋은 연습이 됩니다.

어떤 불자님은 이 연습을 통해서 자신의 '참 나'에 집착하는 마음을 점검할 수 있는 좋은 계기가 되었다고 즐거워했습니다. 집착의 소멸은 불도수행의 중대한 계기가 됩니다. 소멸에 앞서 일단 스스로가 그 집착을 만들었음을 인지해 낼 수 있다면 궁극에 닿을 날도 그리 멀지 않은 것이 아닐까요?


＊

과거에 지은 업에 의하여 살아가는 업생業生이 아니라, 스스로가 새로운 삶을 개척해 나가는 원생願生도 여기에서 시작됩니다. 본래 자신이 만들었음을 확연히 인지한다면, 다시 자신이 고쳐 나갈 수 있다는 확신이 서게 될 것입니다.

• • • • • •

사랑할 때 우리는 상대를 그립니다. 그가 없을 때에도 혼자 마음속에
서 사랑은 계속 이루어지고 있습니다. 미안하고, 안타깝고, 아쉽고,
섭섭하고, 그래서 가슴 속에 남은 상대가 더 애틋해지는 것이지요. 그
것이 그리움으로 남습니다.

# 아무것도
# 생각하지 마세요

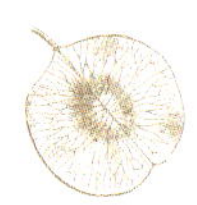

참회의 요령을 가르치고 실행하도록 하면, 반응 또한 가지각색입니다. 어떤 이는 연신 눈물을 닦아 내기 바쁩니다. 심지어는 대성통곡을 하는 이도 있습니다. 지금까지 그런대로 잘 살아왔다고, 누구 못지않게 괜찮은 사람이라고 자부해 왔는데, 막상 스스로를 돌이켜 보니 그게 아닌 것입니다. 어떤 이는 별로 참회할 것이 없는 줄 알았는데 막상 하다 보니, 정말 자신의 삶에 문제가 많았음을 뼈저리게 느꼈다는 이들도 있습니다. 참회가 잘 되는 이들은 그렇습니다.

이와는 다르게 참회가 잘 되지 않는 경우도 있습니다. 앉아 있어 봐야 머리만 지끈거리는 경우도 있고, 참회해야 할 내용이 도통 떠오르지 않는 경우도 있습니다. 순간적으로는 참회가 되는데, 지속해서 진행이 되질 않는다고 하소연하는 이들도 있습니다. 고정관념과 선입견이 똘똘 뭉쳐 마치 뱀 대가리처럼 치켜들고 있기 때문에 참회가 되질 않습니다. 아니, 참회하고 싶지가 않은 것입니다.

이처럼 참회가 잘 되지 않을 경우에는 '아무것도 생각하지 말라'고 합니다. 마음속으로 아직 수긍이 되지 않는 상태에서 참회한다고 해 봐야 머리만 아플 뿐이기 때문입니다. 하지만 '아무것도 생각하지 않는 것'이 어디 쉬운가요? 참회하라고 할 때는 아무 생각이 안 난다고 하는 이들이, 오히려 아무것도 생각하지 말라고 하면 더욱 많은 생각을 일으킵니다.

예컨대 잠을 좀 자 두어야 할 필요가 있는데 잠이 잘 오지 않는 경우가 있습니다. 그럴 때 '잠을 자야지, 자야지' 하면 그 생각 때문에 더욱 잠이 안 옵니다. 오히려 '그냥 누워서 편안히 있는 것도 쉬는 거야, 억지로 잠잘 필요 없어' 하면 잠이 쉽게 오는 것입니다.

＊

마찬가지로 '생각해서 참회하라'고 하면 아무 생각이 안 난다고 하면서 '아무 생각하지 말라'고 하면 이 생각 저 생각 번잡해지는 것입니다. 그러면 그 생각마다

47

제목을 붙이도록 하세요. 이것은 탐욕, 이것은 성냄, 이것은 어리석음. 이런 식으로 분류를 해 부처님께 맡기도록 하는 것입니다.

　어떤 경우는 탐, 진, 치가 복합적으로 작용하는 경우도 있을 것입니다. 어쨌든 생각나는 것은 모두 참회거리라고 보면 틀림없습니다. 또한 나쁜 기억들은 당연히 참회해야 하겠지만 좋은 생각들은 왜 참회해야 하는지도 생각해 보아야 합니다.

# 그냥 들을 뿐

　한때 코를 몹시 고는 이와 한방을 쓰게 된 일이 있었습니다. 함께 지내게 된 첫날 밤, 코 고는 소리가 어찌나 요란하던지 밤새도록 잠을 설치게 되었습니다. 잠들기 시작한 지 얼마 되지 않아서부터 코를 골기 시작하는데, 한마디로 벽이 울릴 정도였습니다. "드르릉 드르릉 콰쾅" 하면서 마치 탱크라도 지나가는 듯한 소리가 가관이었습니다.

　첫잠이 깨고 나니 도통 잠이 오지 않는 것이었습니다. 별생각이 다 들었습니다. 상대방을 깨워서 코를 골지 않도록 주의를 주어야 하나 어쩌나, 내일 일정도 빡빡한데 오늘 잠을 제대로 못 자면 어떡하나, 앞으로 남은 기간이 많은데 잠을 제대로 못 자고 어떻게

많은 공부로 얻어진 지식이 지혜가 되는 것은 아닙니다. 행동의 가치가 그 행동을 이루는 것
에 있듯 지혜 또한 경험을 통해 얻어지는 것입니다. 실천하는 것이 말보다 낫기 때문입니다.

버틸 수 있을까, 하는 생각에 뒤척거리다가 더욱 잠이 오지 않았
던 것입니다.

　다음 날, 도저히 안 되겠다 싶어서 연수 교육 담당자에게 넌지
시 말을 꺼내 보았습니다. 혹시나 방을 바꿀 수는 없을까, 하는 심
정으로 말입니다. 그러나 그 담당자는 냉정하게 잘라 안 된다는
것이었습니다. 그때 생각했습니다.
　'그래, 피해 간다고 될 일이 아니다. 쓰레기차 피하다가 똥차에
치여 죽은 사람이 있다는 말도 있는데 맞닥뜨려 이겨 나가는 것이
최상이다.'

　마음을 고쳐먹고 그날 밤을 맞이하였습니다. 아니나 다를까, 그
는 어제와 마찬가지로 잠든 지 얼마 지나지 않아 연방 코를 골기
시작하는 것이었습니다. 하지만 받아들이는 내 마음은 어제와 달
랐습니다.
　'그래, 열심히 골아 봐라. 네가 코를 골거나 말거나 내가 잠자는
것과 무슨 상관이냐.'
　이렇게 코 고는 소리를 순순히 받아들이니, 그런대로 잠이 오는
것이었습니다. 설혹 중간에 놀라 깨어나더라도, 그냥 '거 코 고는
소리 한번 크구나' 하고는 더 이상 이런저런 생각 없이 곧바로 잠
을 청하니 나중에는 코 고는 소리가 거의 자장가나 다름없이 들리

는 것이었습니다. 무심해진 것이지요.


  소리가 들리더라도 그냥 들을 뿐, '듣는 이'가 없어진 것입니다.
그냥 '소리가 나는구나' 할 뿐이지, '아이고, 잠을 못 자서 어떡하
나, 저 사람을 깨워야 하나, 내일 졸리지는 않을까' 하고 궁리하는
이가 없어지니, 그런대로 잠을 잘 수 있었던 것입니다.


✱

  듣고 넘겨야 하는 마음이 있습니다. 소리 또한 어떻
게 듣느냐에 따라 좋게도 나쁘게도 들리기 때문입니
다. 문제를 피하지 않고 바로 보는 마음의 눈이 필요
한 때입니다.

# 소원만 비셨습니까

우리는 인연이라는 말을 자주 사용합니다. 인연은 원인을 의미하는 말입니다. 인因은 결과를 낳게 되는 직접적인 원인을 뜻하고, 연緣은 이를 돕는 외적이고 간접적인 원인을 의미합니다. 일반적으로 양자를 합쳐 원인이라는 뜻으로 사용하기도 하지요.

부처님께서는 인연설, 연기설을 강조하셨습니다. 존재하는 모든 것은 인연 때문에 생겨나고 인연 때문에 소멸한다는 것이지요.

불교 경전 〈아함경〉에서는 인간이 열두 가지 인연으로 인해 미망迷妄과 고통을 겪는 존재임을 말하고 있습니다. 그 열두 가지 인연은 다음과 같습니다.

- 진리에 대한 무지

- 대상을 식별하려는 작용

- 정신적이고 물질적인 것

- 눈과 귀, 코와 혀, 몸과 의지라는 여섯 곳

- 여섯 가지 감각 기관과 여섯 가지 대상과
  여섯 가지 인식 주체가 화합된 상태

- 받아들이는 작용

- 애정

- 대상에 대한 집착

- 존재 자체의 형성

- 태어남

- 늙고 병들어 죽는 것

- 괴로움

이 괴로움을 떨쳐 버리기 위해 우리는 소원을 빕니다. 그런데 우리가 비는 소원은 인이라는 나의 노력과 연이라는 부처님의 힘, 이 두 가지가 만나야 이루어집니다. 노력이 충실해도 기도가 닿지 않으면 결과가 부실하고, 기도가 충실해도 노력이 부족하면 결과가 부실합니다. 인과 연이 모두 충실해야 이루어지는 것입니다. 이것이 바로 불교의 인연법입니다.

우리는 어떻습니까. 노력에 비해 너무 많은 것을 바라고 있지는 않은지 생각해 보아야 할 일입니다. 종교를 믿는 많은 분들은 그저 기도를 열심히 하면 모든 것이 이루어질 거라고 생각합니다. 그러나 기도는 마법의 주문이 아닙니다. 노력을 도와 성과를 내게 하는 지렛대 역할을 할 뿐입니다.

예를 들어 다이어트를 할 때 운동을 열심히 하지 않으면서 부처님께 살이 빠지게 해 달라고 기도만 한다면 이뤄지지 않습니다. 스스로 운동을 열심히 하면서 '부처님의 가피로 건강하게 지켜주십시오' 라고 기도한다면 노력과 마음이 조화를 이루어 뜻이 실현되는 것입니다. 그래서 모든 기도를 할 때는 더불어 실행을 담는 것이 중요합니다.


"해 주세요"라고 하는 것은 구걸형 기도이고, "하겠습니다"는 발원형 기도입니다. 그렇게 바르게 기도하면 우리가 원하는 것들을 얻을 수 있는 가능성이 높아집니다. 흔히 부처님은 '법신불'이라고 합니다. 고정된 형상이 없어서 색깔이나 모습, 음성으로 알 수 없다는 뜻입니다.

소원 또한 마찬가지입니다. 눈에 보이지 않는 소원을 자신의 것으로 만들기 위해서는 눈에 보이는 노력이 필요합니다. 그러니 아주 구체적인 계획을 세워 보세요.

'오늘 저녁은 반 공기만 먹어야지', '공원에 나가 한 시간을 뛰어야지'

실제로 이것을 실천한다면 날씬해진 몸이 내 눈앞에 드러나게 되는 것입니다.

여러분의 주인은 누구입니까. 신일까요? 아닙니다. 바로 자기 자신입니다. 신이 나를 대신해서 밥을 먹어 줄 수도, 잠을 잘 수도, 법문을 들어 줄 수도 없습니다. 지금의 내 모습과 미래는 내가 고칠 수 있는 것입니다. 세상에 고정불변의 나는 없습니다. 그러므로 바로 지금 이 시간 책을 읽고 있는 행위가 바로 여러분입니다. 지금이라도 마음을 고쳐먹고 생각을 바꾸면 여러분의 미래는 얼마든지 바뀔 수 있습니다. 불교는 절대 숙명론이 아니기 때문입니다.

인因이라는 것은 주관적 노력입니다. 연緣은 객관적 상황입니다. 부처님, 하느님, 부모님, 경기 불황, 정치 현안…. 나를 둘러싼 모든 상황이 모두 연입니다. 주관적 노력을 통해 객관적 상황을 자기편으로 만드세요.

*

기도는 보이지 않지만 노력은 보입니다. 자신은 노력하지 않으면서 계속 주변에서 해 주기만 기도하는 사람은 연만 알고 인을 모르는 것입니다. 노력과 행동이 함께 이루어졌을 때 모든 일이 순조롭게 이루어진

운은 계획한 가운데 생겨나는 것입니다. 스스로 나에게 다가오는 것이 아니란 말입니다. 내가 만들어
가는 것입니다. 운도 희망도 모두 내 것이 되도록 말입니다.

다는 것이 불교의 인연설이라는 사실을 꼭 기억하시기 바랍니다. 소원은 하늘에 있지만 자신이 노력함에 따라 닿을 수 있는 곳으로 내려오게 되는 것입니다.

# 머무르면
# 타 버립니다

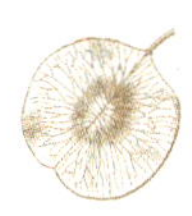

세상에서 가장 맛있는 차는 어떤 차일까요? 물론 값비싸고 좋은 차가 많이 있을 것입니다. 하지만 자신이 직접 만든 차야말로 가장 맛있는 차가 아닐까요. 자신의 정성이 흠뻑 깃든 차, 아무리 우려내도 맛이 배어나는 차, 이런 차를 마실 수 있다면 여간한 행운이 아닐 수 없습니다.

몇 해 전 산사 문화 체험 기간 동안 직접 차를 만드는 시간을 가졌습니다. 이른바 사찰의 전통적 제다법이라고 하는 구증구포, 아홉 번 찌고 아홉 번 말린다는 방법을 직접 체험했습니다.

길이 잘 들어 반짝반짝 윤이 나는 가마솥에 찻잎을 넣어 덖은 후, 멍석에 펴 주무르고 말리는 과정을 세 시간 이상에 걸쳐 아홉 번 거듭했습니다. 처음에는 습기를 담뿍 머금었던 찻잎이 점차 정제된 차로 만들어지는 과정에 모두들 신기함을 숨기지 못했습니다.

우리의 업장業障과 습기가 녹아 내려서 많은 사람들의 갈증을 덜어줄 수 있는 좋은 차와 같이 되었다면 과장된 표현일까요?


좋은 차를 만드는 비결 중의 하나는 찻잎의 색깔이 처음과 나중 모두 같은 초록색을 유지하는 것입니다. 그러기 위해서는 절대 태워서는 안 됩니다. 고온의 가마솥에 덖으면서 태우지 않으려면 어떻게 해야 할까요?

그것은 탈 시간을 주지 않고 부지런히 덖어내는 수밖에 없습니다. 다시 말해서 찻잎이 뜨거운 가마솥에 오랫동안 머무르지 않도록 계속 덖어내야 하는 것입니다. 머무르면 타 버리기 때문이지요.

우리의 생활도 이와 마찬가지가 아닐까요. 생활인으로서 생활을 떠날 수는 없습니다. 그러나 생활 속에 푹 잠겨서도 안 됩니다. 머무르는 차는 타 버리고, 머무르는 물은 썩습니다.

*

과거는 이미 지나갔습니다. 지나가 버린 과거에 집착하지 않겠습니다. 미래는 아직 오지 않았습니다. 오지 않은 미래를 앞당겨서 걱정하지 않겠습니다. 현재는 잠시도 머무르지 않습니다. 현재에도 머무르지 않겠습니다. 가장 중요한 시간은 '바로 지금'입니다. 가장 확실한 공간은 '여기'입니다. 바로 지금 여기에서 충실할 뿐!

⋯⋯⋯

불교에서는 지금의 이 세상을 '사바세계'라고 합니다. 산스크리트 Saha에서 나온 사바란, 참고 견디는 것, 즉 이 세상은 참고 견뎌 나가는 세상이라는 것입니다. 살아가면서 부딪히는 수많은 고통, 슬픔, 이별, 아픔, 시련들을 견디고 이겨 내야 하는 것이 이 세상입니다.

# 마음의 바퀴를
# 굴리세요

　미국 9.11테러의 주범이라 하는 오사마 빈 라덴은 선인善人일까
요? 아니면 악인惡人일까요? 미국 언론에서는 한결같이 그를 악마
의 화신이라 표현하고 있습니다. 그들에게 빈 라덴은 엄청난 살상
을 일으킨 증오의 대상인 것입니다. 하지만 성전聖戰을 주장하는

이슬람권은 어떨까요? 오히려 그를 최고의 영웅으로 신봉하는 이들이 많습니다.

다른 질문을 드리겠습니다. 하얼빈 역에서 이토 히로부미를 살해한 안중근 의사는 어떨까요? 의사라는 칭호에서 알 수 있듯 우리는 그를 조국의 독립을 위해 용기 있는 결단을 내린 구국의 영웅으로 생각합니다. 그래서 아직까지도 그를 기리는 많은 행사들이 열리고 있습니다.

그러나 당시 일본 측 입장에서 보자면, 안중근은 자신들의 지도자를 죽인 살인범이자 무장테러범이었을 것입니다. 그래서 자신들의 법에 따라 안중근 의사에게 사형을 언도했고 결국 안 의사는 형장의 이슬로 사라지게 되었습니다.

동일한 행위에 대해서 왜 이렇게 서로의 판단이 엇갈릴까요? 그것은 각자 저마다의 입장에서 분간하고 선택하기 때문입니다.

백 명의 사람이 '나쁜 놈'이라고 손가락질하더라도, 내가 그에게 큰 신세를 진 적이 있다면, 그는 나에게 있어 은인입니다. 반대로 수많은 사람들이 덕을 칭송하고 추앙하더라도, 내가 그로 인해 큰 해악을 입은 적이 있다면 그는 나의 원수인 것입니다.

결국 선과 악을 판단하는 기준은 오로지 '나' 혹은 '내 입장'에 달려있다는 말입니다. 우리는 그저 자신의 주관적 기준에 따라 증오하거나 애착을 갖게 되는 것입니다.

애정을 갖는 이에 대해서는 좀 더 가까이 하려 하고, 증오하는 이는 좀 더 멀리 하려 함에도 뜻대로 되지 않는 것이 세상사입니다. 이른바 애별리고愛別離苦와 원증회고怨憎會苦가 생겨나는 것입니다.

애별리고愛別離苦는 사랑하는 사람과 이별하는 고통, 원증회고怨憎會苦는 미워하는 사람과 만날 수밖에 없는 고통을 뜻하는 말입니다. 결국 근본적으로 고통이 쉬려면 사랑과 미움을 쉬는 수밖에 없는데, 이렇게 되려면 사실상 '나'가 사라져야 합니다. 우리는 살아 있는 동안 계속해서 누군가를 사랑하고 미워하기 때문입니다. 그러나 살아 있는 동안 이런 감정에 시달리지 않기 위해서는 '나'를 벗어난 무아법無我法에 통달해야 합니다. 그렇다면 어떻게 무아법에 통달할 수가 있을까요?

무아법에 통달하는 비결은 다름 아닌 원願을 세우는 것입니다. 예컨대, '법륜法輪을 굴리겠습니다'라는 말이 있습니다. 전륜왕이라는 왕의 금바퀴金輪가 산과 바위를 부수고 거침없이 나아가는 것에 비유하여 붓다의 교법을 잘 따르고 실천하겠다는 말입니다.

그런데 법륜을 굴리겠다는 말을 따르다 보면 모든 것이 법륜을 굴리기 위함이 됩니다. 밥을 먹는 것도, 잠을 자는 것도, 돈을 버는 것도, 하다못해 살아가는 것과 죽는 것도 법륜을 굴리기 위해서가 되는 것입니다.

그전에는 모든 것이 나 혹은 내 가족을 위해서였을 것입니다. 하지만 발원을 세우게 됨으로써 모든 행위의 핵심에는 '나' 대신 '법륜'이 들어서게 됩니다. 저절로 '나'가 없어지는 것입니다. 그러므로 어떤 뜻을 가지고 그것을 추구하는 마음을 굳건히 갖게 되면 한쪽 편에서 누군가를 미워하는 마음도, 집착하는 마음도 없어지게 됩니다.

✳

누구나 죽기 전에 후회하지 않는 삶을 살기를 꿈꿉니다. 살아 있는 동안 끊임없이 다른 이를 미워하고 괴롭히기만 한다면 결코 만족스러운 마무리를 할 수 없을 것입니다. 내 의견이 맞다고 주장하며 상대방을 배척하기 전에 자신이 굴리는 마음의 바퀴에 집중하는 것이 어떨까요.

# 마음이 새기는
# 글자에서

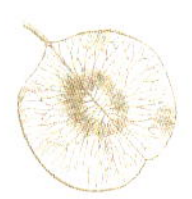

　방학 때면 초등학생이나 중학생들을 대상으로 사찰 캠프를 열 때가 있습니다. 저는 이때가 특히 즐겁습니다. 절에서는 자주 만나 보기 힘든 요즘 아이들의 생각을 들을 수 있기 때문이지요.

　중학생 캠프 때의 일입니다. 아이들과 마주 앉아 차를 마시는 시간이었습니다. 한 아이가 서울대에 가고 싶다고 했습니다. 벌써부터 대학을 정하고 공부를 한다는 것이 놀라워 왜 그런지 물었습니다. 아이는 제게 이렇게 말하더군요.

　"아빠랑 누나도 서울대를 나왔으니까 엄마가 너도 가지 않으면 집안 어른들에게 창피하다고 했어요."

　실제로 그 아이는 공부를 잘하는 아이였습니다. 전교 1등을 놓치지 않고 숙제도 누구보다 열심히 해 간다고 했습니다. 그러나 문제는 공부의 동기가 남에게 보여 주기 위해 하는 데서 비롯되었다는 점입니다. 지금은 그 아이가 어머니 말을 따라 공부를 열심히 해 원하는 대학에 간다고 해도, 계속해서 자신의 삶이 아닌 타인의 삶에 맞춰 살 수밖에 없을 것입니다. 불교 경전에 이런 말이 있습니다.

"공부가 도道를 이루기 전에 남에게 자랑하려고 한갓 말재주나 부려 서로 이기려고 한다면 변소便所에 단청丹靑하는 격이 되고 말 것이다."
_〈선가귀감〉

공부란 본래 자신의 성품을 닦기 위해 하는 것입니다. 그 동기가 자신의 내부에서 나오지 않을 경우, 화장실에 단청을 입히는 것처럼 의미 없는 일이 되고 맙니다. 또한 인정받고 싶다는 생각에 자신도 모르게 지금 하고 있거나 해 왔던 일을 자랑삼아 이야기하지 않았는지 생각해 볼 일입니다.

"내가 명문대를 졸업한 사람이야."
"내가 그 어렵다는 취업문을 단번에 통과한 사람이야."
"이번에 투자한 부동산 가격이 훌쩍 뛰었지 뭐야."

안으로 집중하지 않으면, 겉으로 떠벌리게 됩니다. 우리 속담에도 "빈 수레가 요란하다"라는 말이 있습니다. 자기 마음에 충실한 사람은 밖으로 떠벌리지 않습니다. 남의 살림살이에 유난히 관심이 많은 사람, 남의 허물을 보는 데 뛰어난 능력을 갖춘 사람, 이들은 대부분 스스로의 마음가짐이 부실한 사람입니다.

그렇다면 어떻게 마음공부를 해야 할까요?

마음공부는 자기 마음을 가리키는 손가락입니다. 이는 달을 가리키는 손가락과 같아서 자기 마음을 반추反芻하고 성품을 보는 데 꼭 필요합니다.

또한 글자를 새기는 것과 자신이 가진 성질을 다스리는 것을 별개로 생각하면 안 됩니다. 물론 글자 한 자 한 자를 정확하고 올바르게 새기는 것은 중요합니다. 하지만 글자를 새기는 것도 결국은 우리의 탐욕과 분한 마음, 판단을 흐리는 것을 없애기 위해 필요한 것입니다.

자기 마음의 상태에 대해서 가장 잘 아는 사람이 누구일까요? 자기 자신입니다. 다만 밖의 것들에 자꾸 시달리다 보니까 자기 자신을 잊게 되는 것입니다. 그래서 주변에 대한 관심을 일시적으로라도 멀리할 필요가 있습니다.

*

타인의 마음을 닦아 주려고 안달하지 말고 내 마음
부터 닦아야 합니다. 그것이 진정한 공부입니다. 그래
서 내가 먼저 행복의 충만함을 느끼고 남들을 행복하
게 해 주는 것, 이것이 바로 공부의 완성입니다.

# 2장

## 내려놓기

대개 사회에서 하는 공부는 쌓아 가는 공부입니다. 지식, 명예, 재물을 쌓아서 어떻게든 많은 것을 채우려는 공부라고 할 수 있습니다. 그러나 그런 공부를 통해서는 진정한 지혜가 올 수 없습니다. 지식은 늘어날지 몰라도, 지혜는 늘어날 수 없습니다. 놓아 가는 공부를 통해서 진정한 지혜가 옵니다. 모든 것을 다 익히려 하지 않을 때, 작은 것이라도 온전히 나의 것으로 만들 때 지혜는 생겨납니다.

# 놓는 공부를
# 반복하세요

세간에서는 몸이 아프면 잘 먹어야 한다고 합니다. 그래서 입맛이 없더라도 영양가 많은 음식을 듬뿍 섭취하고 기운을 차려 병마와 싸워야 한다는 것입니다. 일리가 있어 보이는 말입니다. 하지만 출가한 후 오히려 '몸이 아프면 굶어야 낫는다'라는 이야기를 들었습니다. 언뜻 이해가 가지 않았습니다. 몸이 아파 기운이 없는데 굶기까지 하면 더욱 고통스러운 일이 아니겠습니까. 하지만 실제로 체험해 보니 그와는 반대였습니다.

몸이 아프면 입맛이 없어집니다. 입맛이 없는 것은 몸에서 받아들이고자 하지 않는 것입니다. 실제로 동물들을 보십시오. 웬만한 병은 며칠 굶으면서 앓다 보면 저절로 치유됩니다. 우리의 몸에는 자정 치유능력과 더불어 축적된 에너지가 있습니다.

실제로 굶어 보면 힘은 좀 없는 듯하지만, 몸과 마음은 오히려 편안해짐을 느낄 수 있습니다. 병으로 인한 괴로움이 깃들 여지가 줄어들면서, 병과의 싸움에 전념할 수 있게 되는 것입니다. 이러한 예에서 전자, 즉 쌓아 가는 측면에서의 공부가 세간 공부라면, 후자인 놓아 가는 측면에서의 공부가 출가 공부라고 말할 수 있습니다.


대개 사회에서 하는 공부는 쌓아 가는 공부입니다. 지식, 명예, 재물을 쌓아서 어떻게든 많은 것을 채우려는 공부라고 할 수 있습니다. 그러나 그런 공부를 통해서는 진정한 지혜가 올 수 없습니다. 지식은 늘어날지 몰라도, 지혜는 늘어날 수 없습니다. 놓아 가는 공부를 통해서 진정한 지혜가 옵니다. 모든 것을 다 익히려 하지 않을 때, 작은 것이라도 온전히 나의 것으로 만들 때 지혜는 생겨납니다.


＊

마음이 쉬기 위해서는 실제로 쉬어 가는 공부를 해야만 합니다. 세간에서 하는 방식으로 이 책 저 책을 뒤지고, 이런저런 인연에 마음 써 가면서 공부해서는 될 수가 없습니다. 그러기 위해서는 되도록 단순한 생활과 공부가 좋습니다. 생활이 단순해지고 마음이 단순해지는 것, 그것이 쉬고 놓는 공부의 비결입니다. 마음에서 요동치는 잡생각이 사라지고 차분해지는 것을 느끼기 때문입니다. 이렇듯 진정한 공부는 쉬어 가는 공부입니다.

아름다운 자연을 볼 때 우리는 자연스럽게 흥얼거리게 됩니다. 영원한 봄은 내 마음에 있
는 것입니다.

# 내가 쉬면
# 세상도 쉽니다

아마존의 정글에서 나비가 날개를 파닥거리는 일은 불과 몇 주 혹은 몇 달 뒤 미국 텍사스 주에 폭풍우가 일어나는 원인이 될 수 있다고 합니다. 그 유명한 '나비효과'입니다. 세상은 이처럼 겹겹이 연결되어 있어서, 당장 눈에 보이고 효과가 나타나는 것만 가지고는 설명할 수 없는 부분이 많습니다.

그렇다면 바로 지금 여기에서 내가 잠시 고요히 앉아 있는 것이 이 세상에 끼치는 영향은 어떠할까요? 그 자체로서 세상의 평화와 안정에 기여하고 있다고 자부할 수도 있지 않을까요?

〈유마경〉에서는 "한 마음이 청정하면 온 국토가 청정하다"고 표현하고 있습니다. 왜 그럴까요? 우리 모두는 각자가 '하나의 전체' 이기 때문입니다. 그러므로 어떤 이가 진정으로 휴식을 취하고 있다면, 그것이 곧 도를 닦는 것이라고 말할 수 있습니다.

진정한 휴식이란 휴식한다는 사실조차 모르고 쉬는 것을 말합니다. 사람들은 건강할 때 자신의 몸에 대하여 그다지 의식하지 않습니다. 하지만 신체의 어느 부위가 아프면 그 부위에 신경을 쓰게 됩니다. 그러니 이미 쉰다는 생각을 하고 있다면 그것은 참된 휴식이 아닌 것입니다.

내 마음이 베풀면 세상이 베풀게 됩니다. 나 하나의 언행이 남에게 큰 영향을 끼치고, 다시 돌아와 나에게 영향을 미칩니다. 그런 의미에서 보자면 남을 잘되게 하는 것이 결국 나 자신을 잘되게 하는 것입니다.

남을 잘되게 하는 것은 재물을 베푸는 것은 물론, 슬픔을 덜어 주고 즐거움을 더해 주며, 두려움을 없애 주는 일입니다. 이것이 보시입니다. 심지어 환한 얼굴과 부드러운 말씨까지도 모두 보시에 해당됩니다. 결국 세상을 부드럽고 평화롭게 만드는 것이 보시인 것입니다.


✱

흔히들 세상이 너무 시끄럽고 복잡하다고 말합니다. 그리고 좀 더 안정되고 평화로운 세상이 오기를

갈망합니다. 하지만 과연 나 스스로는 세상을 혼돈스
럽게 하는 데 일조를 하고 있는지, 아니면 세상을 평
화롭게 만드는 데 일조를 하고 있는지, 돌이켜 볼 일
입니다. 내 마음이 쉬면 세상이 쉽니다.

# 우리를
# 돌아보는 것은

　예전에 〈쿤둔〉이라는 영화가 상영된 적이 있습니다. 달라이 라마의 소년기를 담담히 그려 낸 작품으로, 당시 달라이 라마의 방한에 맞춰 상영을 추진했습니다. 그런데 방한이 무산되면서 영화 또한 그다지 주목받지 못했던 것 같습니다.

　영화에 보면 달라이 라마가 망명을 고심하던 중 신탁을 받게 되는데, 거기에는 "서구에서 빛을 발하게 되리라"라는 예언이 담겨 있습니다. 그리고 그 예언은 적중합니다. 달라이 라마가 비록 고국인 티베트에서는 떠나게 되었지만 그로 인해 티베트 불교는 오히려 세계적인 관심과 주목을 받게 되었기 때문입니다.

실제로 미국을 비롯한 서구 사회에서 티베트 밀교는 서구식 합리주의와 물질문명에 식상한 현대인들에게 신선한 충격을 주며 확산되고 있습니다. 현각 스님만 봐도 알 수 있습니다. 합리와 실용주의의 본고장이라고 할 수 있는 미국, 그곳 최고의 대학인 예일대와 하버드 대학원에서까지 공부한 미국의 지성인이 어째서 한국의 선禪에 매료되어 마침내 출가까지 하게 되었던 것일까요?

이 땅의 젊은이들 상당수가 닮고 싶어 하는 위치에 있는 이가 정작 이 땅에서는 크게 주목받지 못하는 참선에 뛰어들었다는 점에서 관심을 받게 된 것입니다. 우리 스스로가 중요시 여기지 않다가 선진국의 관심으로 인해 도리어 화제가 된 경우는 비단 참선만이 아닐 것입니다.

당시 쌍계사 수련법회에는 현각 스님의 책을 읽고 참선에 관심을 가지게 되어 동참하게 되었다는 분들도 있었습니다. 아울러 본사급 사찰 대부분이 하계 수련법회에 참선 과정을 마련하여 일반인의 상당한 호응을 얻었습니다. 대단히 고무적인 사실이 아닐 수 없습니다.

동안거 해제일을 맞이하여 제방 선원의 해제에 관련된 소식이 일간지의 문화면을 크게 장식한 것도 세간의 커진 관심을 대변해 주고 있습니다. 해제 법요식을 취재하며 법문과 안거의 내용 등에

관해 자세한 설명을 듣고자 하는 것은 현대인들의 참선과 선원 안

거에 대한 관심을 대변하고 있는 것입니다.
84

 *

 우리 것을 돌아보고 나를 돌아보는 것, 그것이 진정

한 선의 정신입니다.

# 우리가
# 살아갈 수 있는 것은

아직 우리가 사는 세상에 로봇 스님이 등장하지는 않았지요? 하지만 영화에서는 가능한 일인가 봅니다. 최근 김지운 감독의 단편 〈천상의 피조물〉이라는 작품을 눈여겨보았습니다. 영화에서는 로봇이 인간 대신 청소를 하고, 인간이 하기 어려운 일을 도맡아 하는 것을 넘어 신의 영역까지 넘보고 있었습니다. 로봇이 부처가 되는 세상을 상상해 본 적이 있으십니까?

우리 사회에는 언제부터인가 인간만이 우월하다는 생각이 팽배해 있습니다. 그러나 인간이 과학을 발전시키고 이용할 때마다 과학 역시 인간의 역사를 뒤바꾸고 있습니다. 심화되고 있는 환경문제가 그 예입니다. 이는 모든 자연이 인간을 위한 도구라고 생각하는 데서 비롯된 것입니다.

또한 시간은 한번 흘러가면 돌아오지 않는다는 선형적 진보의 관념, 성장만이 살길이라는 경제관이 오늘날 환경 위기를 만든 원인이라고 할 수 있습니다.


지금은 산에서 취사를 할 수 없지만, 예전에는 등산을 가서 자신이 위치한 곳의 위쪽 물을 퍼 밥을 짓고, 아래쪽 물에서 설거지를 했습니다. 그렇지만 계곡을 따라 내려가면 그곳에 있는 사람은 내가 설거지 한 물로 밥을 짓고 조금 밑에서 똑같이 설거지를 한다는 사실을 발견할 수 있습니다. 자신의 위치를 기준으로 그 위는 깨끗한 물이라고 생각해 밥을 짓고, 그 밑에서는 더러운 물이라 여겨 소변을 보거나 설거지를 하기도 하는 것입니다.

이처럼 사람은 누구나 자기를 중심으로 위와 아래를 구분하는 어리석음을 범합니다. 이는 물이 위에서 아래로 흐르는 것만 인식할 뿐 그것이 상대적이라는 사실을 통찰하지 못하기 때문입니다. 이런 관점에서는 시작이 있고 끝이 있게 됩니다.

그러나 실제 우리가 속한 세계는 무엇이 시작이고 무엇이 끝인지 구분할 수 없습니다. 오늘과 같은 환경문제는 바로 보이는 세계만이 전부라는 생각이 세계를 지배하기 때문에 발생한 것이라고 할 수 있습니다.

　따라서 환경을 근본적으로 치유하는 일은 단순히 물과 쓰레기, 온난화만의 문제로 풀 수 없습니다. 이는 자연과 우리 모두가 하나에서 비롯되었다는 '생태적 사고'를 통해 가능합니다. 생태적 사고란 모든 것은 그물망처럼 관계되어 있다는 생각입니다. 하나 속에 모든 것이 있고, 모든 것 안에 하나가 있다는 마음가짐입니다. 그러한 세계관으로 세상을 바라보면 함부로 자연을 이용할 수 없게 됩니다. 결국 그 화가 나에게 미칠 것을 알기 때문입니다.


＊

　자연은 서로 촘촘히 연결된 거대한 그물입니다. 공간뿐 아니라 시간적으로도 연결되어 있습니다. 우리 눈앞에 보이는 한 그루의 나무도 아버지, 할아버지 나무의 수많은 죽음 덕분에 살 수 있었던 것입니다.
　그러므로 알아야 합니다. 오늘 우리가 살아갈 수 있는 것은 햇살과 바람, 동식물, 벌레, 달과 별이 합쳐 만든 우주적 하모니의 결과라는 사실을요.

· · · · · ·

가끔 힘들 때면 심장에 손을 대 보세요. 멈추지 않는 심장박동을 느껴
보세요. 그리고 주위를 둘러보세요. 아파도 행복한 이유가 그곳에 있
을 것입니다. 시선을 자신에게만 집중시키지 마세요. 우리는 더불어
살아야 하는 존재입니다.

# 아무것도
# 하지 않는 시간에는

　바쁜 생활 가운데서도 때로는 '아무것도 하지 않는 시간'을 갖는 것이 좋습니다. 말 그대로 '아무것도' 안 하는 것입니다. 사람들은 대부분 시간만 나면 무언가를 해야 직성이 풀립니다. 신문을 읽거나 텔레비전을 켜거나 음악을 듣거나 혹은 잡담이라도 해야 마음이 편안한 듯합니다.

　진정 아무것도 하지 않는 시간이 닥치면, 일부러 무언가 일을 만들어 내야지만 마음이 편하다고 합니다. 모처럼 '본연의 나'와 마주할 수 있는 시간이 두려운 것일까요? 그래서 즐긴다는 이유로 여가조차도 빡빡한 일정을 짜 숨 돌릴 틈 없이 지내는 것은 아닐까요?

단지 조용히 앉아 주위를 바라보세요. 자신의 내면을 바라보세요. 이것은 한가하면서도 산만하지 않은, 이완된 시간을 갖는 것입니다. 자신의 존재 안에서 휴식하는 시간을 갖는 것입니다. 그러기 위해서는 시간을 놓아 버리고 다만 순간 속에서 기쁨과 충만함을 느낄 필요가 있습니다.

지금 내가 존재하고 있는 모습이 내게 가능한 유일한 방식입니다. 이것을 받아들여 자신의 모습을 인정하고 사랑하는 것이 중요합니다. 다른 세상은 없습니다. 다른 모습은 없습니다. 그것은 상상 속에서만 존재할 뿐입니다. 허상을 사랑하고 현실을 무시할 것인가요, 현실을 사랑하고 허상을 무시할 것인가요? 그것은 오로지 자신의 선택에 달려 있습니다.


오늘은 내일을 위해서 존재하는 것이 아닙니다. 오늘은 오늘로서 절대입니다. 이 세상이 다른 세상을 위해서 존재하는 것이 아닙니다. 이 세상은 이 세상으로서 절대입니다. 어떤 다른 세상을 위해 이 세상을 희생할 필요는 없습니다. 바로 지금 여기서 자신의 모습을 사랑하며 조용히 앉아 내면을 바라볼 때, 모든 것은 충만합니다.

*

　시간에, 장소에, 사람에 대해 아무런 콤플렉스가 없는 상태가 바로 해탈입니다. 이 시간에 철저해야 합니다. 이 장소가 내가 처한 유일한 공간임을 알아야 합니다. 지금 나의 모습이 바로 내가 그토록 원했던 바로 그 모습임을 깨달아야 합니다.

# 쉬는 것이
# 곧 깨달음입니다

인간은 원래 병을 낫게 하는 힘을 가지고 있다.
진정한 의사는 내 안에 있다.
내 안의 의사가 고치지 못하는 병은
그 어떤 명의도 고칠 수 없다.
_히포크라테스


불교의 수행과 깨달음에 대해 체계적으로 정리해 놓은 〈능엄경〉
에서는 쉬는 것이 곧 깨달음이라고 했습니다. 어째서 쉬는 것이 곧
깨달음일까요? 세상은 허공의 꽃과 같습니다. 그림 속의 떡과 같
은 것이지요. 이것들은 실재하는 것이 아닙니다. 원래 없는 것이지

만 마치 실재하는 것처럼 보일 뿐입니다. 그러나 허공의 꽃이 실재한다고 보는 착시 현상은 있습니다. 이른바 실체는 없지만 현상이 있다는 말입니다. 그러므로 착시현상이 일어나지 않도록 마음을 쉬게 해야 합니다. 결국 그것이 깨달음입니다.

모든 착시와 착각의 근본에는 '나'가 있습니다. 몸뚱이가 나라고 하는 생각, 분별심이 내 마음이라고 하는 착각이지요. 이러한 몸뚱이 착著과 분별심을 내려놓고 쉬는 연습을 통해서 최상의 휴식인 무아無我를 체험하는 것이야말로 깨달음으로 가는 지름길입니다. 내려놓기, 하나 되기, 바라보기, 넓혀가기, 그려 넣기, 전해주기로 우리는 깨달음을 얻을 수 있습니다.

내려놓기는 어려운 일이 아닙니다. 모든 존재는 변화하기에 끊임없이 일어나고 사라진다는 진리를 통찰함으로써 가능해집니다. 벗어남의 맛을 알고 내려놓음의 맛을 알면 근심에서 벗어나 행복할 수 있다고 했습니다.


옛 선사에게 제자가 물었습니다.

"한 물건도 가지고 오지 않았을 때는 어떠합니까?"

선사가 대답하였습니다.

"놓아 버려라."

제자가 다시 물었습니다.

"한 물건도 가지고 오지 않았는데, 무엇을 놓아 버립니까?"

선사가 말하였습니다.

"그럼 짊어지고 가거라."

이에 제자가 크게 깨달았습니다.


헐떡이는 마음을 치유하는 첫 번째 단계는 내려놓기입니다. 그러기 위해서는 자신을 해체하여 분석할 필요가 있습니다. 몸의 구석구석을 흩뿌려놓고 바라보는 것입니다.


눈은 무상하다. 무상한 것은 곧 괴로움이요, 괴로움은 곧 내가 아니다.

귀도 무상하다. 무상한 것은 곧 괴로움이요, 괴로움은 곧 내가 아니다.

코도 무상하다. 무상한 것은 곧 괴로움이요, 괴로움은 곧 내가 아니다.

혀도 무상하다. 무상한 것은 곧 괴로움이요, 괴로움은 곧 내가 아니다.

몸도 무상하다. 무상한 것은 곧 괴로움이요, 괴로움은 곧 내가 아니다.

뜻도 무상하다. 무상한 것은 곧 괴로움이요, 괴로움은 곧 내가 아니다.


이렇게 백정이 소를 잡듯이 자신의 몸뚱이를 해체해서 보는 연습을 합니다. 이렇게 안으로 자신의 몸을 관찰하고 밖으로 다른 사람의 몸을 관찰합니다. 그래서 더 이상 남자, 여자, 소, 동물로 보이지 않고 여섯 부분으로 보인다면, 숙달되었다고 할 수 있습니다. 이렇게 자신을 관찰하는데서 내려놓음이 시작됩니다. 그리고 생의 마지막 날을 맞이할 연습이 됩니다. 진정 '나'를 내려놓는 연습을 하는 것입니다.

일본에서 최근 유행하고 있는 산 자의 장례식을 치르는 경험이 이에 속합니다. 살아생전에 진정 '나'를 내려놓는 죽음에 대해 경험해 보는 것이지요. 이를 통해 우리는 자신의 욕망과 이기, 그리고 분노를 경험하게 됩니다. 죽음은 확실하고 삶은 불확실하다고 했습니다. 우리는 반드시 죽기 때문입니다.


하나 되기는 나와 세상 모든 것이 다르지 않음을 깨닫는 것입니다. 하나임을 깨닫는 것이지요. 몸과 마음이 하나이고 나 또한 하나입니다. 조그만 풀 한 포기, 나무 한 그루, 하늘에 떠가는 구름과 새소리, 물소리가 모두 나인 것입니다.

몸과 마음을 관찰하지 않고 백년을 사는 것보다 몸과 마음을 관찰하며 하루를 사는 것이 훨씬 더 낫다고 하였습니다. 그러므로 우리는 자신을 닦아야 합니다.

"보이는 것을 보기만 하고, 들리는 것을 듣기만 하고, 느끼는 것을 느끼기만 하고, 아는 것을 알기만 하리라."

이는 함께하지 않는다는 것입니다. 거기에는 '나' 자신이 없는 것입니다.

내가 보는 것이 아니라 '봄'만이 있을 뿐이며, 내가 듣는 것이 아니라 '들음'만이 있을 뿐입니다. 내가 느끼는 것이 아니라 '느낌'만이 있을 뿐이며, 내가 아는 것이 아니라 '앎'만이 있을 뿐입니다.

눈에 보이는 모든 사물과 동화되는 상상을 합니다. 풀, 나무, 숲, 구름, 하늘, 새소리, 물소리 등과 하나 되는 연습을 합니다. 자신의 몸뚱이가 풀이나 나무의 형상이 되고, 풀이나 나무의 입장이 되어 사물을 바라보는 연습을 합니다. 이 연습이 잘 되면 번뇌 망상이 점차 쉬어지는 체험을 하게 됩니다.

또한 밤하늘의 별을 보며 내가 온 별로 나를 돌려보내는 것입니다. 나는 과연 저 수많은 별 가운데 어느 별에서 왔을까? 자신의 별을 찾아 자신을 돌려보내고, 고향별과 하나가 되는 연습을 합니다. 빛으로서 존재하는 것입니다.


바라보기는 자신의 마음에 일어나는 일들을 관찰하는 것입니다. 일어나고 사라지는 현상에 대해 알아차리는 일입니다. 보고, 듣고, 느끼고, 멈추는 것입니다. 예를 들어 욕심이 일어나면 그것을 알아차리고, 분노가 일어나면 그 또한 알아차리는 것입니다. 이처럼 탐욕, 성냄, 어리석음, 억울함, 두려움 등이 일어나면 다만 알아차릴 뿐, 더 이상 붙잡거나 거부하지 않습니다. 밖으로는 이러한 현상들을 관찰하는 카메라맨이 되고, 안으로는 있는 그대로 읊어주는 내레이터가 되어야 합니다. 그리고 상대를 관찰해야 합니다.

몸과 마음은 순간적인 것이라 이미 사라져버렸거늘 지금 그대는 누구에게 화를탐을 내는가? 그에게 고통기쁨을 주려해도 그가 없

사람들은 고통에서 벗어나려 노력합니다. 알 수 없는 미래에 대한 불안 속에서도 결국 우리가 택하는 것은 익숙한 고통입니다. 경험으로 알 수 있고 대비할 수 있는 고통이라는 말입니다.

다면 누구에게 고통<sub>기쁨</sub>을 주겠는가? 그대의 존재가 바로 고통<sub>기쁨</sub>의 원인이거늘 무엇 때문에 그에게 화를<sub>탐</sub> 내는가?

그대가 그에게 화를<sub>탐</sub> 낼 때 무엇에 대하여 화를<sub>탐</sub> 내는가? 눈에 대하여 화를<sub>탐</sub> 내는가? 아니면 귀 코 혀 몸 뜻에 대하여 화를<sub>탐</sub> 내는가?


이 몸과 마음이 나라고 하는 착각에서 벗어나면, 이 세상 모두가 나 아닌 것이 없게 됩니다. 조그만 풀 한 포기, 나무 한 그루, 하늘에 떠가는 구름과 새소리, 물소리가 모두 나인 것입니다. 성품은 마치 허공과 같이 모든 존재를 다 포함하고 있으니, 결국 이 세상에 성품 아닌 것이 없는 것입니다.


넓혀가기는 끌어안는 것입니다. 모든 것을 감싸는 사랑의 마음을 키우는 것이지요. 눈앞에 보이는 존재를 넘어서 눈앞에 보이지 않는 모든 존재와 하나 되는 연습을 합니다. 이른바, 자신의 경계를 확장하는 것입니다. 온 우주가 내 집이요, 모든 생명이 내 가족이라고 생각합니다.


나와 내 가족들이 어려움에서 벗어나 건강하고 행복하기를!
내가 사랑하는 그가 어려움에서 벗어나 건강하고 행복하기를!
내가 미워하는 그가 어려움에서 벗어나 건강하고 행복하기를!

지금 이 자리에 있는 모든 사람들이

어려움에서 벗어나 건강하고 행복하기를!

지금 이 나라에 있는 모든 사람들이

어려움에서 벗어나 건강하고 행복하기를!

지금 지구상에 있는 모든 생명들이

어려움에서 벗어나 건강하고 행복하기를!

지금 우주에 있는 모든 존재들이

어려움에서 벗어나 건강하고 행복하기를!

지금 우주에 있는 모든 존재들이

어려움에서 벗어나 하하하 웃으며 행복하기를!

지금 지구상에 있는 모든 생명들이

어려움에서 벗어나 호호호 웃으며 행복하기를!

지금 대한민국에 있는 모든 사람들이

어려움에서 벗어나 깔깔깔 웃으며 행복하기를!

지금 이 자리에 있는 모든 사람들이

어려움에서 벗어나 하하하 호호호 웃으며 행복하기를!

내가 미워하는 그가 어려움에서 벗어나

깔깔깔 껄껄껄 웃으며 행복하기를!

내가 사랑하는 그가 어려움에서 벗어나

하하하 호호호 깔깔깔 껄껄껄 웃으며 행복하기를!

나와 내 가족들이 어려움에서 벗어나

하하하 호호호 깔깔깔 껄껄껄 웃으며 행복하기를!
우하하하! 우하하하 하하! 우하하하 하하하하!


　다음은 그려 넣기입니다. 마음은 마치 그림쟁이 같아서 모든 세상을 그려 나갈 수 있습니다. 〈화엄경〉에 이런 게송偈頌이 있습니다.


　　마음은 마치 그림쟁이 같아서
　　능히 모든 세상을 그려 내나니
　　일체 존재가 이로부터 생겨나
　　어떠한 것도 만들지 못함이 없구나.


　마음에는 두 가지가 있습니다. 본마음과 그냥 마음. 그냥 마음이라고 할 때, 대개는 분별심을 말합니다. 이것은 나와 너, 선과 악, 사랑과 증오로 나누는 마음을 말합니다. 본마음은 성품이라고도 하며, 나와 너를 분별하기 이전의 마음을 말합니다. 위의 게송에서 말하는 마음은 본마음을 의미합니다. 본마음은 무한한 가능성을 가집니다. 마치 하얀 도화지 위에 무엇이든 그리는 대로 나타나는 것과 같습니다. 분별심은 할 줄 아는 게 딱 한 가지입니다. 나누고 쪼개는 것입니다.

몸은 내가 아니야

마음도 내가 아니야

성품이 바로 나야.

성품은 아프지 않아.

성품은 우울하지 않아.

성품은 쓸쓸하지 않아.

성품은 질투하지 않아.

성품은 괴롭지 않아.

성품은 건강해.

성품은 명랑해.

성품은 따뜻해.

성품은 함께해.

성품은 기뻐해.

✳

지나간 과거를 근심하지 말고 오지 않은 미래를 걱정하지 마세요. 지금 이 순간에도 머무르지 않는다면 그대는 평화롭게 살아갈 것입니다. 행복한 사람과 불행한 사람의 차이는 무엇일까요? 행복한 사람은 자신이 지금 가지고 있는 것에 초점을 맞추지만, 불행한

사람은 자신이 놓친 것에 초점을 맞춥니다. 멀리 있는
행운을 좇지 말고 가까이 있는 행복을 알아차려야 합
니다.

　그러기 위해서는 아는 만큼 전하고 가진 만큼 베풀
어야 합니다. 전할수록 알게 되고, 베풀수록 갖게 됩
니다. 이것이 바로 행복으로 가는 지름길, 도 닦기와
복 닦기입니다. 행복을 전할 수 있는 힘을 길러야 합
니다.

# 오직 현재에
# 마음을 집중하세요

스님들은 좌선을 합니다. 가만히 앉아 명상을 하는 것이지요. 그러나 좌선을 하다 보면 잡념이 일어나게 마련입니다. 때로는 '이런 기억들까지 내 마음에 존재하고 있었던가?' 싶을 정도로 갖가지 생각이 시도 때도 없이 떠올라 머리가 아플 정도입니다.

이처럼 명상을 계속해도 대부분의 생각은 쉽게 없어지지 않습니다. 하지만 잡념이 일어나는 것을 두려워하거나 기피할 필요는 없습니다. 나무를 사람의 형상으로 깎아 앉혀 놓는다고 해서 나무가 생각을 할 수 있을까요? 그렇지 않을 것입니다. 그러므로 잡념이 떠오른다는 것은 몸과 마음이 살아있다는 증거인 셈입니다.

다만 잡념이 일어날 때, 이 잡념에 마냥 이끌려 다니지만 않으

104

면 됩니다. 얼른 잡념이 일어난 줄을 알아차리고 마음을 바로잡는 것이 수행의 비결입니다. 그래서 옛 스승들도 "잡념이 일어나는 것을 두려워하지 말고, 다만 잡념이 일어난 줄 알아차리지 못할까 두려워하라!"고 하셨던 것입니다.

좌선을 하는 많은 분들이 좀 쉽게 하는 방법이 없겠냐고 묻기도 합니다. 지름길을 찾는다고나 할까요. 사실 특별한 지름길은 없습니다. 오래도록 하다 보면 저절로 익게 되는 것입니다. 하지만 요령이 전혀 없는 것은 아닙니다. 선禪삼매에 들게 되면 잡다한 망상이나 졸음 혹은 육신의 통증이 경미해짐을 느끼게 됩니다. 점차 무심해지는 것입니다. 그러므로 되도록 빨리 선 삼매에 들어갈 수 있도록 하는 것이 지속적인 좌선을 할 수 있는 관건입니다.

그렇다면 어떻게 하면 선 삼매에 빨리 들어갈 수가 있을까요? 저마다의 체험에 따라 여러 가지 방법이 있겠지만, 가장 쉽고도 빠른 방법은 반문문성反聞聞性하는 것입니다. 듣는 성품을 돌이켜 듣는 것, 다시 말해서 소리를 듣는 성품을 비추어 보는 것입니다. 이 방법은 두 단계로 말할 수 있습니다.

우선, 첫 단계는 조용히 앉아 '마하반야바라밀'을 염念하는 것입니다. 그리고 자신이 염하는 소리에 관심을 기울여 초점을 맞추는 것입니다. 이 때 중요한 것은 자신이 염하는 소리를 듣고 있어야 한다는 것입니다. 듣고 있으면 챙기는 것이고, 딴 생각을 하게 되면 듣지 못하는 것입니다.

다음 단계는 소리를 듣는 성품을 돌이켜 관찰하는 것입니다. 관찰자를 관찰하는 것입니다. 이것은 '이 뭐꼬' 화두를 좀 더 구체화한 것이라고 말할 수 있는데, 이러한 방법을 사용해 보면 좌선의 마음이 한결 가벼워짐을 느낄 수 있습니다.

이렇게 관찰자를 관찰하는 방법과 더불어 한 달에 한두 번이라도 철야 정진을 하면 도움이 됩니다. 철야 정진을 하고 나면 밝을 때에 한두 시간 앉아 참선하는 것에 대해서는 자신감이 생깁니다. 좌선에 겁이 나지 않는 것입니다. 마치 삼천 배拜를 하고 나면 천 배나 백팔 배에 대한 부담이 없게 되는 것과 마찬가지입니다. 이렇게 해서 좌선에 맛을 좀 붙이게 되면, 서서히 마음도 가라앉고 수행에 재미도 붙게 됩니다.


청년 법회를 진행하며 만난 이들 중 유독 기억에 남는 학생이 있습니다. 공부를 열심히 해 좋은 대학교에 들어간 친구였습니다. 그런데 이 학생은 오히려 대학교가 무섭다고 했습니다. 고등학교 시절에는 매일 목표를 세우고 자신이 얻어야 할 점수를 새기며 그것을 성취하는 것을 삶의 방향으로 삼았습니다. 그런데 이제 무한한 자유가 찾아오니 오히려 무엇을 해야 할지 모르겠다는 것이었습니다. 늘 내일의 목표를 위해 살았기 때문에 현재 자신에게 주

때때로 우리는 나의 꿈의 아닌 타인의 꿈을 꾸며 살아갑니다. 누구의 꿈인지, 꿈꾸는 사람은
누구인지, 그 꿈을 즐기고 있는지도 알지 못합니다. 나 자신이 주인 된 삶이 없다면 애초에
꿈꾸지 않았을지도 모를 일입니다. 그러니 자신의 꿈을 꾸어야 합니다.

어진 자유가 온전히 나의 것이 아닌 것처럼 느껴진다고 했습니다.

그러나 미래의 성취에 목표를 두고 그것을 얻어야만 행복해질 수 있다고 한다면, 과연 그 목적지까지 도달할 사람이 몇이나 될 까요? 우리가 살아가면서 추구해야 할 깨달음도 마찬가지입니다. 꼭 무언가를 얻어야 한다는 목표 의식에 사로잡힐 필요는 없습니 다. 그런 강박관념이 오히려 자신을 압박하는 동아줄이 됩니다.


*

미래에 성취해야 할 목표에 마음이 가 있다면 현재 의 마음은 공허합니다. 마음은 한 군데만 초점을 맞출 수밖에 없는 까닭입니다. 목표를 이루어 나가는 현재 에 마음을 집중하세요. 목표는 이루어질 수도, 실패할 수도 있는 것이지만 과정은 현재라는 사실을 잊지 말 아야 합니다.

# 먹고 노래하고
사랑하라

우연히 TV를 보다가 임형주라는 젊은 팝페라 가수의 인터뷰를
보았습니다. 열두 살이라는 어린 나이에 데뷔해 성악 신동으로 유
명세를 치르며 화려한 성공을 거둔 친구였습니다. 공연마다 매진
행렬을 기록하며 대중에게 높은 인기를 누리는 그였지만 말 못할
고민이 있었습니다. '남들과 다를 것이다'라는 사람들의 인식 때문
이었습니다.

친구들이 항상 그에게 "너는 행복하겠다. 조금만 해도 사람들이
다 알아주고, 스트레스 받는 사회생활이라곤 안 해도 되니" 라고
말한답니다. 심지어 자신보다 더 가진 게 많으니 꼭 행복해야 된
다고 말하는 친구도 있다고 합니다. 그러면 그는 가슴을 치며 "인

생이 그렇게 쉽고 간단하니?"라고 질문한다더군요.

오히려 그는 높은 기대치를 가지고 자신의 공연을 보러 오는 사람들을 만족시켜야 할 것 같은 부담감에 항상 짓눌려 산다고 했습니다. 또 항상 연습을 하느라 마음 편히 여행 한 번 못 가 봤다고 합니다. 내년, 내후년까지 꽉 짜인 스케줄을 보면서 너무 앞만 보고 달리는 것 아닌가 싶어 허탈할 때도 있다고 하더군요.

남들이 보았을 때 세속적인 성공을 거두었다 하더라도 정작 자신은 마음의 휴식을 얻지 못하고 늘 쫓기듯 산다면 무슨 의미가 있을까요.


한 중년 남성이 찾아왔습니다. 자신을 '왕따 아빠'라고 했습니다. 밖에서는 인정받는 상사, 유능한 기업인인데 집에서는 아내와 아이들이 자신을 무시하는 탓에 가족과의 대화에 끼기도 힘들다는 것이었습니다. 주말에 늦잠을 자다 일어나 보면 자신을 뺀 나머지 가족들은 이미 식사를 마치고 저희들끼리 떠들고 있고, 딴에는 열심히 배워서 농담 한마디라도 건네면 "아빠가 뭘 알아"라는 식의 퉁명스러운 대답이 돌아온다고 했습니다.

마침 그분의 아내도 우리 절에 다니셔서 하루는 차담茶啖 시간을 가지며 여쭤 보았습니다. 그런데 아내 분의 입장도 이해는 되었습니다. 아이들이 한창 예민할 시기에 곁에 있지 못하고 매일 집에 늦게 들어오는 남편이 원망스러웠답니다.

처음에는 회사가 자리 잡으면 집에 일찍 오겠지, 내가 잘하면 남편이 달라지겠지 하는 기대를 했다고 합니다. 그리고 남편에게 일주일에 몇 번은 저녁에 일찍 들어와 가족끼리 함께 밥을 먹자고 사정하다시피 부탁했다고 합니다. 그러나 남편은 '거래처와 약속이 있다, 동창 모임이 있다'는 핑계로 매일 늦었고 어렵게 잡은 여름휴가도 매번 무산되곤 했다고 털어놨습니다.

결국 아이들이 자신하고만 매번 시간을 보내다 보니 자연스레 남편과는 멀어졌다고 합니다. 같은 공간에 있어도 별로 할 말도 없고, 가끔 일찍 들어왔다고 해도 아이들에게 잔소리만 해대는 남편이 너무 싫다고 했습니다. 그리고 마지막으로 이렇게 말하더군요.

"밖에서 어떤 일을 하는지, 솔직히 이제는 별로 관심이 없어요. 그냥 아이들과 저, 셋만 지금처럼 이대로 지내고 싶어요."

너무나 답답한 일입니다. 퇴직을 앞둔 베이비붐 세대는 우리나라 전체 인구의 15%라는 어마어마한 숫자라고 합니다. 가족을 먹여 살리는 것을 전부로 생각하며 30년 가까이 달려왔지만 막상 은퇴할 시점이 되니 얻은 것은 없고 가족의 사랑과 건강만 잃은 것 같아 후회가 되는 것이 대부분 중년 남성들의 심정일 겁니다.


이탈리아 사람들은 '만자레, 칸타레, 아모레mangiare, cantare, amore: 먹고 노래하고 사랑하자' 이 세 가지를 삶의 목표로 여긴다고 합니다. 그들은 인생을 후회 없이 즐기며 유산을 남기지 않고 죽는 것

을 멋진 인생으로 생각한답니다. 그래서 '먹고살기 위한 노동'이라
는 굴레에 얽매이지 않고 근무 외 시간을 취미 활동에 쓴다고 합
니다. 당연히 자녀의 사교육비나 유학 자금, 결혼 자금을 무리하
게 마련하지도 않지요. 자산을 물려주기보다 부부와 자녀가 함께
여행을 다니고 공연을 보러 가는 등 현재의 시간에 충실하다고 합
니다. 가족의 즐거운 인생을 위해 먹고, 노래하고, 사랑하는 것이
지요.

❋

우리는 너무 많은 시간을 돈 버는 일에만 몰두하고
주변을 돌보는 일에는 소홀한 채 살아갑니다. 이는 우
물에 비친 달그림자를 보고 달을 자신의 물병에 담겠
다며 우물 속으로 뛰어드는 어리석은 사람과 같습니
다. 물질이라는 허상을 추구하기에는 삶의 반짝이는
순간들이 너무나 많습니다.

우리는 미래지향적인 삶을 사는 것이 성공한 삶이
라고 어렸을 때부터 교육 받아 왔습니다. 그러나 왕따
아빠의 경우처럼 인연의 끈은 지금 잡지 않으면 놓치
게 됩니다. 내일을 기약하기보다 오늘 저녁을 함께하
세요. 오늘 불행한 사람이 내일의 행복을 찾을 수 없
다는 사실을 기억하십시오.

# 그리움까지 내려놓고
# 가야 합니다

　상당수의 불자들은 죽은 사람의 극락왕생을 기원하러 절에 찾아옵니다. 극락왕생이란 이생을 떠나간 사람이 안락하고 아무 걱정 없는 곳에서 편안한 생을 다시 시작하길 바라는 것입니다. 그러나 곁에 있던 누군가가 죽음을 맞이하면 남아 있는 사람들은 그 사람이 없는 삶에 대해 두려움, 무기력, 우울함을 느끼게 됩니다.

　떠난 사람의 자리를 무엇으로 채울 수 있을까요? 죽은 이 때문에 통곡하는 사람은 자기 마음속에 그 사람에 대한 연소되지 못한 감정이 남은 것입니다. 지난가을에 만난 한 소년은 할아버지의 49재를 지내기 위해 국사암을 찾았습니다. 소년은 할아버지가 임종하시던 순간이 잊히지 않는다고 했습니다. 생과 사의 경계를 목격하는 것이야말로 우리 인생에서 가장 큰 사건이니까요.

소년은 할아버지의 임종을 통해 처음으로 죽음에 대해 생각하게 되었다고 합니다. 죽음 후에 우리는 어디로 가는 것인지, 죽음의 끝에는 정말 아무것도 없는 것인지에 대해서 말이죠. 하지만 슬픔이 계속되다 보면 그 감정은 마음 깊은 곳에 억압되어 더욱 부정적으로 변하게 됩니다. 죽음을 생각할수록 더욱 깊은 공포와 허무감에 빠지는 것이지요.

소년에게 들려주고 싶은 경전 한 구절이 있습니다.

모든 존재는 변화하기에
끊임없이 일어났다 사라진다네.
일어남 사라짐이 사라진다면
진정한 행복이 찾아온다네.
_〈열반경〉 중에서


소년은 일상의 삶에 다시 집중해야 이 문제를 해결할 수 있습니다. 수십 년이 지나도 해결할 수 없는 문제를 지금 당장 해결하려고 해 봤자 우울할 수밖에 없습니다. 그래서 죽음에 대한 생각이 나면 이렇게 말하세요.

'모든 것은 한때다. 이 순간을 내가 잘 견디어 넘기면 반드시 좋은 날이 온다.'

이런 확신을 가져야 되고, 또 모든 일이 잘되어 나갈 때에도 이렇게 생각해야 합니다.

'모든 것은 한때다. 내가 이렇게 항상 잘될 수만은 없겠지. 이렇게 잘나갈 때 보시 복덕을 쌓고, 마음공부를 해야 되겠다'

이러한 마음가짐으로 산다면 세간의 일어남과 사라짐 현상에 대해서 크게 동요하지 않을 수 있는 경지에 이를 수 있습니다.

연예인들의 자살이 잇따르고 있습니다. '베르테르 효과'라고 이름 지어 죽음을 따라하는 사람도 늘어났다고 합니다. 베르테르 효과를 단순히 유명인의 자살을 따라하는 모방심리라고 보기에는 무리가 있습니다. 일반인의 연이은 죽음을 '베르테르 효과'라고 별칭지어 해석하기 전에 우리는 자살이라는 현상의 원인을 생각해보아야 합니다.

우리가 인생의 산을 넘어갈 때 겪었던 고난은 우리 마음에 번뇌로 쌓입니다. 자살을 선택하는 사람들 대부분의 경우, 이 번뇌를 자신의 마음속에 쌓아 놓는 겁니다. 하지만 번뇌의 성품이 비었음을 깨우치는 것이 번뇌를 근본적으로 극복하는 방법입니다.

위에 〈열반경〉의 어구를 살펴봐야 하는 이유가 그것입니다. 모든 존재는 변화하고, 번뇌 또한 변화합니다. 번뇌 또한 끊임없이 일어났다가 사라집니다. 우리가 번뇌를 이겨 낼 수 있는 방법은 번뇌가 사라지고 행복이 찾아온다는 사실을 믿는 것입니다.

번뇌는 주인이 아니라 손님입니다. 손님은 보내고 먼지는 털어 내야 합니다. 죽음은 휴식입니다. 죽음을 완전한 이별이라고 생각하기 때문에 슬픈 것입니다. 인생의 산을 넘으며 고단했던 몸을 누이는 상태로 접어든 것입니다. 꽃이 지고 잎이 떨어지는 것처럼 자연현상의 하나라고 할 수 있습니다.

슬퍼하는 자신을 가만히 들여다보세요. 죽은 이 때문에 슬픈 것이 아니라 죽은 이를 생각하는 자신의 마음이 슬퍼서 그런 감정이 드는 것입니다.

반대로 내가 죽는다고 생각할 때는 어떨까요? 우리는 수많은 권력자들이 죽음 앞에 무기력했던 것을 알고 있습니다. 진시황제는 말년에 접어들자 측근들에 의한 암살이 두려워 수도 인근에 궁전 270여 곳을 짓고 지하도를 통해 드나들며 그 위치도 철저히 비밀에 부쳤습니다. 또 지하 궁전을 만들어 죽어서도 영화를 누리고자 했습니다.

그러나 어린이 수천 명에게 동쪽에서 불로초를 구해 오라던 진시황제도 겨우 50세의 나이로 전쟁터에서 객사했습니다. 그는 태자에게 왕위를 물려준다고 유언했으나, 환관과 승상이 음모를 꾸며 다른 왕자를 내세웠고, 허수아비 왕이었던 2대 왕 이후 진나라는 멸망의 길에 접어들게 됩니다.

*

아무리 최고의 권력을 누렸더라도 죽음의 모습은 모두 같습니다. 내가 생전에 이룬 모든 것이 죽음 앞에 서는 먼지보다 허무할 뿐입니다. 죽음에도 준비해야 할 것이 있다면 그건 내려놓는 마음입니다. 지금 잡고자 하는 모든 것이 당신이 버려야 할 것들입니다. 죽음에는 감정도 동행할 수 없습니다. 그리움까지, 아쉬움까지 내려놓고 가야 합니다.

• • • • • •

이별 후, 닿을 수 없는 곳으로 당신이 떠난 후에야 비로소 혼자서 만들어 내고 이뤄 내는 사랑이 세상에는 너무 많습니다. 그 사랑 때문에 봄이 다시 오고, 꽃이 피고, 바람이 불고, 햇빛이 반짝이고 눈이 부신 것입니다. 그렇게 살아서 반은 둘이 이루어 내는 것이고 떠나고 나서 반은 각자 이루어 내는 것입니다. 그것이 사랑입니다.

# 소리로 깊이를 드러내는
# 종처럼

수행자들은 가끔씩 묵언의 시간을 갖습니다. 한 달 동안, 길게는 1년 가까이 말을 하지 않는 것입니다. 이를 통해 자기 내면의 목소리에 귀 기울일 수 있게 됩니다.

어느 가정에서는 일주일에 한 번, 미소와 눈빛으로만 이야기하는 시간을 갖는다고 합니다. 서로 얼굴을 마주칠 때마다 미소를 짓고, 다정한 눈빛을 교환하는 것이지요. 처음에 아이들은 엄마의 잔소리를 듣지 않아서 마냥 좋았답니다. 하지만 시간이 지날수록 이심전심이라는 것이 무엇인지 깨달을 수 있었다고 합니다.

묵언이란 무엇일까 생각합니다. 지금의 나의 모습을 만들어 오기까지 부딪혔던 묵직한 일들을 가지런히 모아 봅니다. 위인이나 스승, 부모의 가르침은 평생 걸어가야 할 알 수 없는 미래를 밝혀 주는 등불 같이 여겨집니다. 그러나 한편으로는 나의 손을 잡아 주고 지친 어깨를 두드려 주던 손끝에서 이어진 정을 더 그리워했던 것은 아닌가 생각하게 됩니다.

마음에 새겨 둔 목소리는 큰 울림으로 되돌아옵니다. 가슴 깊이 남기 때문이죠. 큰 종을 떠올려 보세요. 멀고 가까움이 중요하지 않은 종은 그 소리로 깊이를 드러냅니다. 파장이 있는 것이지요. 대종은 크게 좌우로 흔들리지도 않습니다. 그저 한 번 왔다가 가며 큰 소리로 자신의 존재를 알리는 것 같습니다. 이렇듯 변화는 언제나 작은 몸짓에서 시작됩니다.


*

길지 않은 시간과 넓지 않은 공간에서 우리는 살아 가고 있습니다. 세상 어느 생명체보다도 약한 것이 사람입니다. 마음에 구멍이 뚫릴까 전전하지만 그 구멍을 메우는 방법을 아는 것도 사람입니다. 마음을 원하는 대로 이끌 수 있을 때 비로소 우리는 변화할 수 있습니다. 어긋나지 않는 마음길을 열어 보세요.

# 삶은
# 판타지입니다

　세상에는 두 가지 종류의 종교가 있습니다. 하나는 신을 섬기는 종교이고, 또 하나는 신이 섬기는 종교입니다. 전자는 종을 만드는 종교이고, 후자는 주인을 만드는 종교겠지요.

　불교는 주인을 만드는 종교입니다. 그렇다면 우리의 주인은 누구입니까. 신일까요, 아닙니다. 바로 자기 자신입니다. 불교는 자기 마음의 수행 여부에 따라 누구든지 신의 스승인 붓다가 될 수 있다고 봅니다. 지금 내 모습은 바로 내가 만든 작품이라는 말이지요. 그래서 미래도 내가 바꿀 수 있다는 말입니다. 세상에 변하지 않는 것은 없습니다. 모두 변하는 것이 진리입니다. 자신의 마음자리를 무엇으로 채울지 고민해 봐야 합니다. 한 설화가 있습니다.

　부처님 당시 어느 마을에 지독하게 가난해 이름마저 극빈자라 불리는 사내가 살고 있었습니다. 마침 그의 마을에 부처님께서 머물며 설법을 하고 있었는데, 스님들에게 공양을 올리고 도반에게도 선한 행동을 하도록 권한다면 복이 생긴다는 내용이었습니다. 이에 공양 담당자는 공양을 올릴 스님의 명부를 작성하느라 법석이 일었습니다. 이때 가난한 극빈자도 단 한 명의 스님에게 내일 아침 공양을 올릴 것이라 다짐하고, 돈을 구하기 위해 하루 동안 열심히 일했습니다. 하지만 평소 생계를 잇기 위해 전전긍긍하며 일할 때와는 달리, 덕 높으신 스님께 공양을 올리고 그 공덕으로 복을 지을 생각에 온통 기쁨으로 가득했습니다.

　다음 날 공양 담당자를 찾아가 스님의 처소를 묻자 그는 모든 스님에게 백성들이 이미 공양을 올렸다고 말합니다. 실망하는 극빈자에게 단 한 분이 아직 공양을 받지 않았다며 그를 부처님에게 안내하게 됩니다. 극빈자는 정성껏 지은 공양물을 부처님께 바쳤습니다. 부처님은 공양을 받은 후 극빈자에게 축원을 해주셨습니다.


“그대가 바라고 원하는 모든 일들이 속히 이뤄지기를
보름달이 가득 차듯이 그대의 바람이 가득 차기를
그대가 바라고 원하는 모든 일들이 속히 이뤄지기를
소원을 빌면 이뤄지는 마니보주처럼
그대의 소원이 속히 이뤄지기를, 소원성취하소서.”

훗날 극빈자는 마을에서 제일가는 부자가 되었고, 백성들에게 존경받는 나라의 고위급 관직까지 올랐다고 합니다.

우리는 자신을 위해 하는 행동에는 정성을 다합니다. 내가 입고, 먹고, 마시는 것들에도 주의를 기울이지요. 그러나 다른 사람에게 해 주는 것들에는 무심한 경우가 많습니다. '이 정도면 되겠지', '이 정도면 많이 해 주는 거지'라는 생각으로 소홀히 대하게 됩니다. 앞서 들려 드린 설화는 남을 위해 하는 행동이 얼마나 값진 것인지를 보여 줍니다. 또한 그것은 결국 자신의 복으로 돌아온다는 것을 일러 줍니다.

그런데 한 가지 중요한 사실이 있습니다. 나만 공양을 올릴 뿐 도반에게 권하지 않으면 재복은 있지만 인복은 얻을 수 없다는 것입니다. 반대로 남에게는 베풀라고 권하면서 정작 자신은 베풀지 않는 사람은 인복은 있지만 재복은 없다고 합니다. 물론 이도 저도 하지 않는 사람에게는 인복도 재복도 따를 수 없겠지요.

행불선원에서는 부처님 전에 작은 저금통을 놓고 '부처님 용돈 쓰세요'라고 적어 놓았습니다. 베푸는 마음을 연습하는 것입니다. 지금부터 많은 보시를 해야 나중에 부자로 살 수 있지만, 그저 '부자 되게 해주세요'라며 소원을 구걸하는 마음을 연습하면 구걸하는 거지가 되고 마는 것입니다.

이웃 종교의 가르침에도 교훈은 있습니다. "콩 심은 데 콩 나고 팥 심은 데 팥 난다"라는 속담으로 이웃 종교와 불교의 가르침을 단적으로 비교해 봅니다. 이웃종교는 콩을 심건 팥을 심건 무엇이 날지는 신에게 달려있다고 말합니다. 그러나 불교에서는 인과설에 따른 당연한 이치라고 말합니다. 결국 내가 지금 얻는 결과는 과거에 내가 한 행동에서 나온 당연한 결과라는 얘깁니다. 그러니 누구를 탓할 것도, 실망할 것도 없지요.

이렇듯 우리의 마음자리에 무엇을 채울 것인지는 무척 중요한 과제입니다. 미래가 달라지기 때문입니다. 베푸는 마음을 심고 물을 주십시오. 또한 그 마음의 씨앗을 주변에게 나누어 주십시오. 나눔의 씨앗이 퍼짐에 따라 내가 쌓는 복의 크기는 상상할 수 없을 정도로 커지는 것입니다.


*

공空 사상은 아무것도 없다는 것이 아니라, 텅 비어 있기에 무엇으로든 채울 수 있다는 무한한 가능성의 메시지입니다. 어떠한 나를 만들 것인가는 내가 만들기에 따라 달라집니다. 이때 무엇으로 채울 것인가는 내가 선택해 스스로 채워나가는, 내 작품이라는 것입니다. 한순간의 마음가짐에 따라 더 멋지고 아름답게 변할 수 있기에 우리의 삶은 판타지입니다.

# 그대여,
# 진정 행복을 원하는가

현대인은 피곤합니다. 다들 쉬고 싶다는 말을 입에 달고 삽니다. 하지만 쉬는 것도 쉬운 일이 아닙니다. 단순히 잠만 잔다고 쉬어지는 것도 아닙니다. 육체적 휴식도 필요하지만 진정 필요한 것은 마음의 휴식입니다. 우리나라의 경제 발전은 물질적 풍요를 가져왔지만, 상대적으로 정신적 빈곤은 더욱 깊어 가는 느낌입니다. OECD국가 가운데 최고의 자살률이 시사해 주는 바와 같이 국민들의 행복지수는 세계에서도 하위권을 달리고 있습니다.

작년 말 미국 여론조사기관 갤럽이 148개국에서 각각 1,000명을 대상으로 '행복감을 느끼는 정도'를 조사한 결과, 한국인들의 행복순위는 97위로 나타났습니다. 갤럽은 조사 대상자들에게 다섯 가지 질문을 한 뒤, "그렇다"라고 답한 비율에 따라 순위를 매겼습니다. 예를 들어 "어제 잘 쉬었다고 생각하는가?"라는 질문에 대한 답을 구한 것이지요. 그 결과에 따르면 한국인들은 우리보다 경제적 여건이 뒤떨어진 나라 사람들에 비해서도 행복감을 느끼지 못하고 있는 것으로 나타난 것입니다.

행복감을 가리키는 지수인 행복지수는 소유를 욕망으로 나눈 것입니다. 즉 소유가 늘어날수록 사람들은 행복감을 느끼게 되고, 욕망이 줄어들수록 행복지수는 커지는 것입니다. 그런데 우리나라 국민의 소유는 늘어나고 있지만, 욕망 또한 상대적으로 늘어나니 결국 행복지수는 줄어드는 것입니다.

행복지수가 무한대가 되려면 욕망이 제로가 되어야만 가능합니다. 결국 현재로서 우리나라 국민들이 보다 더 행복해지려면 욕망이 줄어들어야 하고, 욕망을 줄이려면 진정한 마음의 휴식이 필요하다고 하는 것입니다.

행복해지는 첫째 방법은 소유를 늘리는 것입니다. 소유를 늘리는 방법은 무엇일까요? 그것은 다름 아닌 복福을 닦는 것입니다. 붓다께서는 말씀하셨습니다.

"부유해지려면 인색하지 말고 보시하라. 고귀해지려면 시기, 질투하지 말고 남의 공덕을 따라 기뻐하라. 아름다워지려면 성내지 말고 자애롭게 대하라."

　이야말로 부귀와 용모를 자신의 소유로 만드는 비결인 것입니다. 베푸는 마음 연습하면 부자가 되고, 남의 공덕을 따라 기뻐하는 마음 연습하면 고귀해지며, 아름다운 마음 연습하면 아름다워진다고 하는 것입니다.

　부처님 당시 사왓티에서 가장 큰 재산가였던 아나타삔디까 장자는 황금 5억 4천만 냥을 들여서 제따와나 수도원을 지어 헌납했습니다. 그는 널리 베푸는 것을 좋아하였고, 부처님께 아주 헌신적이었으며, 담마를 열심히 수행하는 재가제자였습니다. 그는 단 한번이라도 빈손으로 수도원에 가본 적이 없었습니다. 그런데 그는 이같이 오랜 세월 보시했기 때문에 마침내 창고가 텅 비고 말았습니다.

　어느 때, 그의 집 문을 지키는 여신이 더 이상 보시를 하지 말도록 권했습니다. 하지만 장자는 버릇없는 소리를 함부로 한다고 크게 꾸짖고 여신을 내쫓아 버렸습니다. 장자는 이미 수다원과를 얻은 성자였으므로 이에 대항할 수는 없었습니다. 장자의 집에서 쫓겨난 여신은 막상 갈 곳이 없었습니다. 그래서 그는 삭까천왕에게 가서 자기 사정을 하소연하였습니다. 그러자 삭까천왕이 말했습니다.

“너는 먼저 장자를 위해 좋은 일을 하도록 하라. 그런 다음 용서를 빌면 될 것이다.”

어떤 방법으로 좋은 일을 해야 할지 묻자, 삭까천왕은 말했습니다.

“아나타삔디까는 과거 1억 8천만 냥의 황금을 어느 장사꾼에게 빌려준 일이 있다. 그런데 그 장사꾼은 아직 돌려주지 않고 있다. 네가 받아다 돌려주어라. 그리고 강둑에 묻어 두었다가 떠내려간 1억 8천만 냥의 황금도 너의 신통력으로 찾아 창고를 채워 주어라. 그리고 주인이 없는 1억 8천만 냥이 있는 곳을 알려줄 테니 이를 찾아 창고를 채워 주어라. 그렇게 그대의 잘못을 보상하고 나서 용서를 빌어라.”


마침내 여신은 이 일을 다 처리했고, 장자는 다시 억만장자가 되었습니다. 장자는 여신과 함께 이 같은 내용을 부처님께 고하였고, 부처님께서는 말씀하셨습니다.

“악행을 한 자도 악업이 무르익지 않은 동안은 행복을 경험한다. 하지만 악업이 무르익으면 고통만을 경험한다. 선행을 한 자도 선업이 무르익지 않은 동안은 고통을 경험한다. 하지만 선업이 무르익으면 오직 행복만을 경험한다.”

그리고 게송을 읊으셨습니다.

악행이 과보를 초래하지 않을 때

악인도 행복을 누린다.

악행이 과보를 초래할 때

악인은 괴로움을 겪는다.

선행이 과보를 가져오지 않을 때

선인도 괴로움을 겪는다.

선행이 과보를 가져올 때

선인은 행복을 누린다.


　인과에는 한 치의 오차도 없다고 하는 것입니다. 다만 시차가 있을 뿐! 그러나 위와 같이 하여 아무리 소유를 늘린다고 하더라도, 욕망이 남아있는 한 행복지수가 무한대가 될 수는 없습니다. 진정한 행복, 궁극적인 행복을 얻으려면 행복지수가 무한대가 되어야 하고, 그러려면 결국 욕망이 제로가 되어야 하는 것입니다. 결국 우리가 행복해지려면 욕망이 줄어들어야 하고, 이를 줄이기 위한 진정한 마음의 휴식이 필요함을 뜻합니다.


　부처님께서 기원정사에 계실 때 오백 명의 비구들이 한 자리에 모여 행복이 무엇인가 하는 문제를 가지고 열띤 토론을 한 결과, 행복의 의미가 사람마다 각기 다르다는 사실을 알게 되었습니다. 어떤 사람은 부자가 되거나 통치자가 되는 것이 행복이라고 했고,

어떤 사람은 감각적 쾌락을 즐기는 것이 행복이라고 했으며, 어떤 사람은 하얀 쌀밥에 고기를 구워 먹는 것이 행복이라고 했던 것입니다. 부처님께서 이를 아시고 말씀하셨습니다.

"비구들이여, 너희들이 지금까지 이야기한 것들은 너희로 하여금 끝내 생사윤회에서 벗어나지 못하게 하는 것들이니라. 참된 행복은 그런 것들이 아니니, 이 세상에 붓다가 출현했을 때, 위없는 진리를 듣는 기회를 만났을 때, 비구들이 잘 화합하여 수행해 나갈 때가 참으로 행복한 것이니라."

그리고 다음과 같은 게송을 읊으셨다.


행복은 붓다가 세상에 나심이요,
행복은 성스런 진리를 배움이며,
행복은 붓다의 제자들이 서로 화합함이라.
더욱 큰 행복은 위의 셋이 잘 조화됨이라.


누구나 진정으로 행복해지기를 원한다면, 진정한 행복을 알아야 합니다. 그것은 윤회에서 벗어나는 것입니다. 붓다, 담마, 상가, 이 셋이야말로 윤회에서 벗어나 진정한 행복인 해탈의 세계로 가는 길을 제시하는 보배입니다.

결국 행복에도 종류가 있음을 알 수 있습니다. 그것은 소유를 늘리는 일시적 방법과 무아법에 통달하는 궁극적 방법입니다.

일시적 행복은 의타적 행복입니다. 밖으로 부처님이나 관세음보살, 혹은 신을 의지하여 얻는 것입니다. 하지만 밖의 무언가를 의지하여 행복을 얻는 것은 궁극적이지 못합니다. 물질적 존재인 돈이나 술, 혹은 마약을 의지하여 일시적인 행복을 느끼는 것이나, 정신적 존재인 절대자에게 의지하여 행복을 얻는 것이나 본질적으로 다르지 않습니다. 이런 외부의 조건은 언제 어떻게 변화할지 모릅니다. 나의 통제권을 벗어납니다. 그러므로 끊임없이 밖으로 갈구해야 합니다.

궁극적 행복은 자생적 행복입니다. 스스로 터득하는 것입니다. 번뇌 망상과 불안감은 모두 주인이 아니라 손님에 불과합니다. 손님을 보내버리고 비로소 주인이 되어 마음의 담벼락을 관찰하여, 나와 남이 없고 범부와 성인이 하나가 되면 헐떡임이 쉬고 비로소 더 이상 할 일이 없음을 알게 되는 것입니다.

이처럼 궁극적 행복을 얻으려면 '니르바나'를 얻어야 합니다. 니르바나란 '열반'이며 '적멸寂滅'입니다. 열망의 불꽃이 훅 불어 꺼진 상태를 말합니다. 현대식 표현으로 하자면 '완전연소'라고 할 수 있습니다. 완전연소 되어 찌꺼기가 남지 않는 상태, 후회나 회한이 없는 삶인 것입니다.


부처님께서 제따와나에 계실 때, 새벽에 간다꾸띠에서 세상을 살피셨습니다. 그러자 한 농부가 수다원과를 얻을 인연이 성숙되

132

었음을 알게 되었습니다. 부처님께서는 30요자나1요자나:약 11km를
걸어서 마침내 농부가 사는 마을 근처에 이르렀습니다. 하지만 이
농부는 그날 아침 집에서 키우는 소가 도망가는 바람에 아침밥도
먹지 못하고 소를 찾아 헤매다 점심시간이 지나서야 겨우 집에 도
착했습니다. 농부는 너무 늦어 부처님의 법문을 듣지 못할까 염려
하여 밥도 먹지 않고 부처님이 계신 처소로 오게 되었습니다.

부처님께서는 공양 후에도 법문을 하지 않고 이 농부가 오기를
기다리셨으며, 농부가 도착하자 우선 음식을 주도록 하셨습니다.
음식을 먹은 후에서야 법문을 설하셨고, 이 법문 끝에 농부는 수
다원과를 성취하였습니다. 이를 의아히 여긴 제자들이 부처님께
여쭙자, 부처님께서는 다음과 같이 답하셨습니다.

"여래가 30요자나를 걸어서 여기까지 온 것은 순전히 이 신도가
수다원과를 성취할 인연이 무르익었기 때문이다. 그는 이른 아침
에 숲으로 들어가 잃어버린 소를 찾아 돌아다녔다. 그래서 여래는
'배고픔의 고통을 겪고 있는 사람에게 법문을 설하면 이해하지 못
할 것이다'라고 생각해서 음식을 가져다주라고 한 것이다. 비구들
이여, 이 세상에 배고픔의 고통보다 더한 고통은 없다."

그리고는 게송을 설하셨습니다.


배고픔이 으뜸가는 질병이요
상카라가 으뜸가는 고통이네.

이것을 있는 그대로 보아야

으뜸가는 행복인 니르바나를 이룬다.


상카라는 조건 지워진 존재를 의미하며, 여기서는 오온, 즉 몸과 마음을 말하는 것입니다.


＊

몸과 마음은 끊임없이 변화하는 것입니다. 끊임없이 변화하는 것을 '나'라고 생각하고 고집한다면 고통이 수반됩니다. 이러한 애착을 쉬어가면서 몸과 마음의 일어남 사라짐을 관찰하고, 그 관찰자를 관찰하는 것이야말로 열반적정의 세계인 니르바나로 이르는 첩경인 것입니다.

# 다시 태어나지
# 않겠습니다

사회적으로 한동안 웰빙 열풍이 뜨거웠습니다. 그런데 요즘은 '웰다잉'에 대한 관심이 증가하고 있습니다. 불교에서 말하는 웰다 잉이란 어떤 것일까요? 그것은 일차적으로 편안한 죽음을 뜻하겠 지만, 궁극적으로는 다시 태어나지 않는다는 의미입니다. 불교에 서는 깨달음을 얻어 다시 태어나지 않는 것이 가장 큰 축복이라고 말합니다. 여기서 말하는 죽음은 크게 네 가지로 나누어 볼 수 있 습니다.

첫째로, 살아 있는 동안 괴로운 마음을 다 없애면 다시 태어나 지 않습니다. 그러나 바라는 것이 있으면 다시 태어납니다. 더 이상 바랄 것이 없고 배울 것이 없는 경지에 이르게 되면 다시 몸을 받지 않게 됩니다. 다시 태어나는 윤회의 세계에서 벗어나 불생不生의 세계에 머무르는 것이지요. 태어나지 않기 때문에 사라질 일도 없습니다.

두 번째로, 기본적인 괴로움은 사라졌지만 아직 원하는 게 남아 있는 사람은 천상에 태어나게 됩니다. 그리고 거기서 직접 깨달음의 세계에 들어 다시 이 세상에 돌아오지 않습니다.

세 번째로, 욕심, 성냄, 어리석음이라는 세 가지 마음이 엷어진 사람은 이 세상에 한 번만 돌아오게 됩니다. 그리하여 이 세상에서 얻은 괴로움을 버리고 깨달음의 세계로 갑니다.

네 번째로, 괴로움을 느껴서 그 원인을 찾아 없애는 사람은 반드시 깨달음의 세계에 들어간다고 합니다.


이처럼 사람들이 흔히 생각하는 것처럼 죽어서 천상에 태어나는 것은 잘 죽는 것이 아닙니다. 차선책이라고 볼 수 있습니다. 다시 태어나지 않는 것이 최상의 '웰다잉'입니다.

왜 그런 걸까요? 다시 태어난다는 것은 윤회하는 것이며, 그것은 고통이기 때문입니다. 괴로움의 원인은 결국 '나 자신'에서 나옵니다. 자신에 대한 애착이 있으므로 근심 걱정이 생기는 것이지요. 그러므로 내가 존재하지 않으면 괴로움도 사라지게 됩니다.

그러나 혹 불교를 믿지 않는 분들은 다르게 생각할 수도 있을 것입니다.

"나는 이 세상에 두고 가는 것이 많다. 또 오고 싶다. 완전연소
하기 싫다."

남아 있는 것들은 내가 떠나고 나면 몸과 함께 사라집니다. 또
다시 무無에서 시작하는 것이지요. 고통, 슬픔, 이별, 사랑, 욕망,
허무, 늙고 병듦, 죽음…. 모두 다시 시작하는 것입니다. 일단 꿈
에서 깨어나야 합니다. 그 후에는 원하는 대로 꿈꿀 수 있습니다.

✳

실제로 완전연소의 삶이란 쉽지 않은 것입니다. 특
히 물질문명의 현대사회를 살아가는 사람들에게는 더
욱더 힘듭니다. 그렇다면 하루만 완전연소한다고 생
각하며 살아보십시오. 하루만 내 몸과 마음, 생각을
푹 쉬며 산다고 생각하세요. 그래서 잠자리에 들기
전, '아, 내가 오늘 하루를 온전히 완전연소하며 살았
구나!'라는 생각이 들면 그 삶은 다음 날도 그다음 날
도 이어져 잘 사는 삶은 물론 아름다운 마무리를 하는
완전연소의 생이 될 것입니다.

# 3장

# 바라보기

행복을 찾습니다. 바람이지요. 아주 멀리 있는 것만 같습니다. 내 몸이 힘들기 때문입니다. 사람들은 작은 것에 소중함을 느끼라고 말합니다. 느껴지던가요? 아닐 것입니다. 필요에 의한 반사작용이라고 보면 됩니다. 누구나 욕심을 버릴 수는 없습니다. 하물며 작은 것이 성에 차겠습니까. 큰 것을 소중히 여기는 생활에 길들여진 우리는 마음에 느껴지는 감동이 없으면 작은 것은 바로 외면합니다.

# 당신은 어느 마음에
# 먹이를 주고 있습니까

　세상에는 두 종류의 사람이 있습니다. 환하게 핀 목련을 보고 "아, 아름답다!" 라고 말하는 사람과 "저 꽃, 지고 나면 너무 지저분해!"라고 말하는 사람입니다. "이렇게 한번 해 보면 어떨까?"라고 물었을 때 "좋은 생각이야! 잘될 것 같아!"라고 말하며 그 물음에 아이디어를 하나 더 보태는 사람이 있는 반면 "에이! 안될 것 같아"라고 말하며 시큰둥한 사람이 있습니다. 어떤 생각으로 말하고, 보고, 계발하느냐에 따라 결과는 크게 달라집니다.

　행운 역시 잔칫집 불빛을 보고 모이는 손님들처럼 밝은 곳으로 찾아옵니다. 결국 행복을 부를 것인지, 불행을 부를 것인지는 오직 자신의 몫이 되는 것입니다. 그렇다면 당신은 어느 쪽에 가깝

스스로 자신감을 잃으면 온 세상이 적으로 넘쳐 난다고 했습니다. 밖으로 눈을 돌려 자신감을 찾지 말고 내면의 소리에 귀 기울이세요. 자신감은 항상 그곳에 있습니다.

습니까? 여기 유명한 일화가 있습니다.

 

 늙은 인디언 추장이 손자에게 말했습니다.

"애야, 우리 마음속에는 두 마리의 늑대가 싸우고 있단다. 그중 한 마리는 부정적인 생각과 불만으로 가득 찬 늑대란다. 그놈이 가진 것은 화, 질투, 슬픔, 후회, 탐욕, 죄의식, 열등감, 거짓, 자만심 그리고 이기심이란다. 그리고 다른 한 마리는 밝은 에너지를 지닌 좋은 늑대인데, 그가 가진 것은 기쁨, 사랑, 소망, 인내심, 평온함, 겸손, 친절, 동정심, 아량, 진실, 그리고 믿음이란다."

추장의 말을 듣고 있던 손자가 물었습니다.

"어떤 늑대가 이기나요?"

추장은 간단하게 대답했습니다.

"내가 먹이를 주는 놈이 이기지."

 

마음을 잊어버리고 또 잃어버리며 살 수밖에 없는 사회입니다. 급속도로 발전하는 문명과 경쟁하지 않으면 낙오되는 자본의 논리 속에서 우리는 늘 빨리 가고 이겨야 하는 삶을 강요받습니다.

이겨야만 하다 보니 패배감에 빠지고 질투와 탐욕, 이기심의 가시들이 솟아납니다. 그 가시는 결국 나 자신을 찌르게 됩니다. 상처 받은 부정적인 늑대는 끊임없이 울부짖으며 외칩니다.

"나를 껴안아 주세요."

자신이 만들어 낸 가시에 찔려 피를 흘리면서도 그 가시로 껴안아 달라고 합니다. 이 상처를 어떻게 보듬어 줘야 할까요.

지금 우리에게 필요한 건 마음공부입니다. 수없이 솟구치는 마음의 이야기에 귀 기울이며 들여다봐야 합니다. 살아가면서 받은 상처들을 희망의 디딤돌로 바꾸어 줘야 합니다. 이런 역할을 해 주어야 할 녀석이 바로 마음의 또 다른 늑대입니다. 겸손하고 아량을 베풀 줄 아는 좋은 늑대 말입니다. 상처 받고 아픈 마음을 어루만지고 껴안는 일이 필요합니다.


✳

본래의 마음은 구름 한 점 없는 파란 하늘과 같습니다. 그런데 살다 보면 가끔 파란 하늘에 먹구름이 끼고 천둥 번개도 치는 것입니다. 먹구름 위에 푸르디푸른 당신의 마음이 있는데 그 마음을 발견하지 못하고 왜 자꾸 먹구름에 갇혀 괴로워하고 있나요.

똑같은 산을 오르는데도 "아직 반밖에 못 올라왔어"라고 말하는 사람과 "벌써 반이나 올라왔어"라고 말하는 사람, 늘 누군가를 비난하는 사람과 어느 자리에서든 창의적이고 발전적인 태도로 대화나 유머를 만들어 내는 사람이 있습니다. 당신은 어느 마음에 먹이를 주고 있습니까.

# 아직도 파랑새를 찾으십니까

한 여성이 저를 찾아왔습니다. 식품 회사에 다니는 3년 차 직장인이었습니다. 얼마 전 선배에게 들은 말 때문에 계속 고민이 된다고 털어놨습니다.

"우리 회사는 비전이 없어. 일찌감치 다른 일을 찾아보는 게 현명할 거야."

적은 월급은 참을 수 있지만 자신이 성장할 수 없다는 두려움은 감당하기 힘들다고 했습니다. 열정을 잃은 상사들이 미래 자신의 모습이 될지도 모른다는 생각에 업무에 집중하기도 어려웠답니다. 결국 채용정보업체에 경력 사원 입사 지원서를 낸 뒤 주중에는 현재 회사에 다니면서, 주말에는 이직을 위한 자격증 공부를 한다고 털어놨습니다.

　파랑새 증후군이라는 말을 아시나요? 벨기에 동화 〈파랑새〉의 주인공들이 행복을 뜻하는 파랑새를 찾아 헤매듯 현실에 만족하지 못하고 이상을 찾아 떠도는 젊은이나 직장인들을 빗댄 신조어라고 합니다.

　지금 한국은 온통 파랑새를 찾는 사람들로 넘쳐 납니다. 이직 희망자가 무려 300만 명이 넘는다고 하네요. 특히 올해 들어 '언제든 회사를 떠나겠다'고 마음먹은 직장인들이 크게 늘어났다고 합니다.

　이들이 떠나고 픈 가장 큰 이유는 '이상과 현실 간 괴리'였습니다. 취업이 어려워지니 업무나 근무 여건 등을 자세히 알아보지도 않고 "일단 들어가고 보자"는 식으로 취업했다가 예상했던 것보다 근무 여건이 열악하다는 사실을 뒤늦게 깨달은 경우였습니다. '적성에 맞지 않다'는 이유도 상당수를 차지했습니다. 개인적 성향을 고려하지 않고 남들을 따라 '묻지마 지원'을 하다 보니 개인적 성향과 업무의 성격이 충돌한 것입니다.

　우리가 직업을 선택할 때 가장 중요한 기준은 무엇일까요? 여러 가지가 있겠지만 '잘하고 싶어지는 일'이 가장 첫 번째가 되어야 할 것입니다. 하면 할수록 인정받고 싶고, 잘하고 싶은 생각이

드는 일을 택해야 합니다. 대부분의 사람들은 잘하고 싶은 일보다는 좋아 보이는 일을 택합니다. 그러나 스스로를 만족시키지 못하는 노동을 하면 오래지 않아 결국 업무의 동력을 잃게 되고, 일은 단지 생계를 잇기 위한 수단으로 전락하게 됩니다.

이것은 잘 생각해 보면 일에 대한 깊은 고민을 하지 않았기 때문입니다. 일은 자신의 삶을 스스로 꾸려 나가는 가장 기초적인 행위입니다. 우리는 하루의 삼분의 일이 넘는 시간을 노동을 위해 씁니다. 러시아 작가 고리키는 말했습니다.

"일이 즐겁다면 인생은 극락이고 괴로움이라면 그것은 지옥이다."


＊

잘하고 못하는 것은 나중 문제입니다. 스스로를 더 나은 사람으로 만드는 일을 하십시오. 또다시 파랑새를 찾아 떠나기 전에 어떤 가치의 파랑새를 찾을 것인지 스스로에게 묻는 것이 먼저입니다.

• • • • • •

깨달음을 얻은 자도, 얻지 못한 자도 결국 인생의 마침표를 찍을 때는 똑같은 모습입니다. 아쉬워하고 슬퍼합니다. 연습할 수 없는 생의 마지막 날을 우리는 두려워합니다. 한 줌 재가 되어 이곳에서 사라진다는 것은 그릴 수 없기에 더욱 막연하기만 합니다. 삶은 지금 이 순간입니다. 순간순간 고통에 매어 살지 마십시오. 인생은 그리 길지 않습니다.

# 타인의 지옥에서
# 벗어나세요

'공부 관리 전담 집사'를 들어 보신 적 있나요? 강남 엄마들을 대상으로 성행하는 직업이라고 하더군요. 명문고와 명문대에 자녀를 진학시킨 '선배 엄마'가 다른 집 아이의 입시 교육과 생활까지 총괄 관리를 하고 보수를 받는답니다. 흔히 '이모'라고 불리는데, 요즘에는 '선생님' 말고 이 이모가 뜬다고 합니다. 엄마를 대신해 아이를 학원에 데려가고 데려오는 일뿐 아니라 담임선생님과 입시 상담을 하고, 그룹 과외를 엮는 일까지 한다고 하니, 입시 과열의 폐해가 낳은 웃지 못 할 일입니다.

얼마 전에도 자녀의 교육 문제 때문에 멀리까지 저를 찾아온 분이 있었습니다. 이분도 '강남 엄마'였습니다. 좋은 학군을 위해 무리해서 이사도 가고 좋다는 과외나 학원에 아이를 보내 봤지만 성적이 만족스럽지 않다는 것이었습니다. 그래서 다음번에는 아이와 함께 오라고 했습니다.

아이를 만나서 이야기해 보니 얌전하고 똑똑한 모범생이었습니다. 점수를 들어 보니 서울에 있는 대학은 충분히 갈 수 있을 정도의 실력이더군요. 그런데 무엇이 문제일까요? 엄마의 답은 이렇습니다.

"같이 공부하는 애들은 서울대 갈 실력인데 같은 돈을 들이면서 애만 제일 뒤처지니 창피하고 속상해 죽겠어요."

이는 모두 상대와 나를 비교했기 때문에 생겨난 감정입니다. 우리가 겪는 고통을 들여다보면 비교로 인한 상대적 박탈감인 경우가 많습니다. 예컨대 주변에서 월급 200만 원을 받을 때에 300만 원을 받는 사람이 있다고 합시다. 또 한편 다른 이들이 500만 원을 받을 때 400만 원을 받는 사람이 있다면, 누가 더 행복감을 느낄까요? 실제로 400만 원을 받는 사람보다 300만 원을 받는 사람이 더 행복감을 느낀다고 합니다. 왜 그럴까요? 숫자상으로만 보자면 100만 원을 더 적게 받는다 해도, 일반적으로 높은 보수를 받기 때문에 행복하다는 것입니다.

이렇게 상대적 박탈감을 느끼다 보니 늘 종종거리며 까치발을 들고 살아가는 이가 부지기수입니다. 그들은 남보다 잘살려고, 행복해 보이려고 무척 애를 씁니다. 그래서 겉으로 보기에는 상당히 행복해 보이는 이들도, 막상 그 속을 들여다보면 문드러져 있는 경우가 많습니다. 자신의 솔직한 마음을 털어놓을 수도, 누구에게 상담할 수도 없습니다. 까치발을 내려놓으면 훨씬 작아 보이기 때문에 내가 가진 상대적 열등감이 커지지 않을까 걱정이 되어서일 겁니다.

대학원에서 선禪을 전공할 때의 일입니다. 그때 저는 가장 부러웠던 사람이 언어에 능통한 분이었습니다. 대학원 공부는 어학 공부라고 할 수 있을 정도로 영어나 일본어, 중국어를 비롯해서 심지어 범어, 팔리어까지 공부하기 때문에 언어의 중요성은 생각보다 컸습니다.

특히 우리나라의 오래된 자료들은 대부분 한문으로 되어 있었기에 한문을 잘 모른다면 해석하는 데 굉장한 어려움을 겪습니다. 불교 또한 삼국시대로부터 통일신라, 고려, 조선, 구한말에 이르도록 한문으로 된 자료가 대다수였습니다. 한 글자 한 글자 힘들게 읽을 때, 경전을 줄줄 읽어 내려가는 분들을 보면 부럽기 짝이 없었습니다.

그러나 강원에서 훌륭한 강사 스님을 만나 경전 공부를 하면서 한문이 재미있어지기 시작했습니다. 특히 인상 깊었던 가르침은 '있는 말 빼지 말고, 없는 말 넣지 말라'는 것이었습니다. 보통 한문 경전을 풀이할 때 두루뭉술하게 넘어가는 경우가 많습니다. 그러다 보면 틀린 대목은 계속 틀리게 됩니다. 이때 명사는 물론이고 부사나 조사까지도 어김없이 머릿속에 새기고 넘어가 버릇해야 어떠한 문장을 만나든 분명하게 뜻풀이가 됩니다. 제 스스로 부족하다는 생각에 한 글자씩 붙잡고 쉬이 넘어가지 않았기 때문에 강원공부를 무사히 마칠 수 있었습니다.

＊

공부를 하며 저는 깨달았습니다. 사람들은 모두 다르기에 빛이 난다는 것을. 모두 똑같아야 한다면 세상에 이렇게 많은 생명들이 존재할 필요는 없겠지요. 내가 가지지 못한 능력을 상대가 가지고 있어 부러워하기 전에, 그 사람이 가지지 못한 것이 나에게 있다는 사실을 먼저 깨달아야 합니다. 소유하지 못한 것에 대한 열등감을 벗어던지고 서로 부족한 부분을 어떻게 채울 수 있을지를 고민해야 합니다. 마음의 지옥을 떨쳐 버리세요. 타인은 더불어 살아가는 존재지 경쟁하는 존재가 아닙니다.

# 머무르는 걱정은
# 없습니다

　부처님이 계셨던 당시 산따띠라는 장관이 있었습니다. 이 장관이 국경 지방의 반란을 평정하고 돌아오자 왕이 상을 내리고 일주일 내내 잔치를 열어 주었습니다. 또한 최고의 무희를 보내서 일주일 동안 시중을 들게 하였습니다. 마지막 일주일째가 되는 날 장관은 코끼리를 타고 성 밖으로 나가다가 마침 성 안으로 들어오는 부처님과 대면했습니다. 그를 보고 부처님은 빙그레 웃으면서 제자들에게 예언했습니다.

　"저 산따띠 장관이 잠시 후 나에게 올 것이다. 그리고 내가 읊는 게송을 듣고 경지에 이르게 될 것이다."

　산따띠 장관은 마지막 파티를 즐기며 무희의 춤을 지켜보았습

과거에 낭비한 시간을 지금 후회하며 지내는 것은 더 큰 시간을 낭비하는 것입니다. 시간은
인간에게 주어진 가장 값진 것이기에 자신을 살피는 일에 시간을 써야 합니다.

니다. 그런데 이 무희가 날씬해 보이기 위해 일주일간 거의 굶었던 것이 문제였습니다. 몸에 무리가 와서 춤을 추던 중간에 쓰러져 그대로 죽은 것입니다. 장관은 슬픔을 가누지 못하고 눈물을 흘리며 부처님에게 찾아왔습니다. 그때 부처님이 말했습니다.

"그대의 슬픔을 위로해 줄 수 있는 단 한 사람에게 잘 찾아왔다. 그대가 여인을 잃고 흘린 눈물의 양은 저 바다보다 많다."

그리고 그 자리에서 게송을 한 수 읊었다고 합니다.


지나간 과거를 붙들고 근심하지 말고
오지 않은 미래를 걱정하지도 말라.
지금 이 순간에도 마음이 머무르는 바가 없다면
그대는 평화롭게 살아가리라.


부처님의 말씀과 달리 우리 사회에는 벌어지지도 않은 일들에 대해 걱정하는 이들이 너무나 많습니다. 심지어 걱정을 대신해 준다는 '걱정 인형'이 등장해 불티나게 팔리고 있다는 이야기를 들었습니다. 걱정 인형은 평소 걱정이 많아 잠을 잘 자지 못하는 손자에게 할머니가 선물한 것입니다. 그 인형에게 모든 걱정을 맡기고 편안히 잠을 자라는 할머니의 따뜻한 마음이 담긴 과테말라의 전래 동화에서 나온 것이지요.

이 인형은 보험회사의 판촉 행사에 활용되고 뮤지컬로 제작되는 등 선풍적인 인기를 끌었습니다. 상징적인 사물일 뿐이지만 그만큼 걱정에 대한 사람들의 반응이 뜨겁다는 것을 알 수 있습니다.

한 심리학 연구 결과를 보았습니다. 사람들이 걱정하는 것들의 40%는 결코 일어나지 않을 일이라고 합니다. 즉 하늘이 무너질까 걱정하는 것이지요. 30%는 이미 일어난 일들에 관한 것입니다. 의외로 많은 사람들이 이미 지나간 일들에 대해 쓸데없는 걱정을 합니다. 22%는 아주 사소한 일들에 대한 걱정, 나머지 4%는 전혀 손쓸 수 없는 일들이라고 합니다. 한마디로 걱정해 봐야 소용없는 일이지요.

결국 이것들을 뺀 나머지 4%만이 정말로 걱정해야 할 일입니다. 하지만 앞서 말한 96%나 되는 수많은 걱정거리 때문에 진짜 걱정해야 할 4%의 일을 그냥 지나치는 경우가 너무나 많다고 합니다.

티베트에는 "해결할 수 있는 문제라면 걱정할 필요가 없고, 해결할 수 없다면 걱정하지도 말라"는 속담이 있습니다. 이 말에 따르면 결국 우리가 마주치는 일들 중에는 걱정할 일이 없다는 뜻입니다.

✳

　현재는 잠시도 머무르지 않습니다. 현재 내가 겪는 고통들로 가슴이 찢어지는 듯 아프고 잠을 못 이룰 만큼 걱정이 되어도 그것은 내 역량 밖의 일입니다. 걱정을 쌓아 두고 몸과 마음의 병을 얻기보다 그 걱정들 사이로 발견해 내지 못한 소소한 평화의 순간을 찾는 것이 어떨까요. 마음먹기에 따라 걱정이 몰려오기도, 구름처럼 사라지기도 한다는 사실을 기억하세요.

# 지식보다
# 지혜를 택하십시오

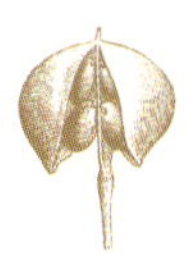

최근 제가 몸담고 있는 행불선원에서 진행 중인 시민강원에 많은 분들이 참여하고 있습니다. 시민강원은 한문으로 된 불교 경전을 풀이하는 강의를 말합니다. 다소 어려운 내용이라 등록하는 분들이 몇이나 될까 우려가 있었던 것도 사실입니다. 그러나 개강하는 날, 빽빽이 들어차 있는 분들의 모습에 무척 놀라고 말았습니다. 급변하는 디지털 시대에 한문으로 된 원전 강독을 들으러 오다니, 짧은 기간도 아니고 2년간의 긴 과정임에도 불구하고 말입니다.

무려 1400여 년 전에 만들어진 원효 스님의 〈발심수행장〉을 비롯한 경전들을 한문으로 읽어 나가는 것이 이 시대에 왜 필요할까요? 그것은 인류 역사상 최고의 고전이기 때문입니다. 고전에는 삶의 본질적인 가치가 담겨 있습니다.

한편 옛 고전 문헌을 번역한 글을 대충 읽어 나갈 때와 한문 원전의 글자를 하나하나 새기며 외워 나갈 때와는 엄청난 차이가 있습니다. 이를 테면 지식과 지혜의 차이라고나 할까요. 스승이 가르치는 것을 흡수하는 것은 지식에 그치지만, 내가 직접 고민을 거듭해 머릿속에 넣은 것은 지혜가 되기 때문입니다.


여기 48년 동안 고통스러운 수행 생활을 해 온 수행자 두 명이 있습니다. 그러던 중 한 사람은 수행을 그만두고 결혼을 하게 되었지요. 그는 결혼 후 아들을 낳았는데, 아들을 데리고 과거에 함께 수행하던 도반을 찾아갔다고 합니다. 그때 수행자는 친구 부부에게는 무병장수를 축원해 주었지만, 아기에게는 축원을 해 주지 않았습니다. 부부는 당황하여 까닭을 물었고, 수행자로부터 답변을 들을 수 있었습니다. 아기는 단지 7일 동안 살 수 있으며, 자신으로서는 운명을 바꿀 방법을 알 수 없다는 것이었습니다.

결국 부부는 부처님을 찾아갔습니다. 부처님께서는 이 아기에게 죽음이 가까웠다고 하시며, 운명을 바꾸려면 집 앞에 천막을 치고 그 안에 아기를 뉘인 다음 스님들로 하여금 7일 동안 경전을 암송하도록 해야 한다고 일러 주었습니다. 7일이 지나 아이를 잡아먹는 귀신인 야차가 물러가자 부처님은 아이에게 말했습니다.

"오래 살아라!"

훗날 이 아이가 자라 어른이 되었을 때 그는 오백 명의 제자들을 가르치는 스승이 되었습니다. 결국 사람의 운명은 자신이 만드는 것입니다. 과거의 언행이 현재를 만들었고, 현재의 행위가 미래를 만듭니다. 부처님께서도 말씀하셨습니다.

전생의 일을 알고 싶은가?
지금 받고 있는 것이 그것이요,
내생의 일을 알고 싶은가?
지금 짓고 있는 일이 그것이다.

✳

고정된 내가 없기에 어떠한 모습도 만들 수 있는 것입니다. 쉽게 얻으려 하지 마세요. 다른 사람에게 의존해 쉽게 얻은 것은 그만큼 빨리 자신을 떠나게 됩니다. 한 글자씩 외우는 노력을 아끼지 않으며 경전의 내용을 자신의 것으로 만들듯, 자신의 운명과 주어진 환경을 탓하지 않고, 과감하게 운명을 바꾸어 나가는 노력이 참다운 얻음이고 인생의 배움인 것입니다.

어리석은 자는 한평생을 지혜로운 이와 함께 살아도 깨닫지 못합니다. 슬기로운 이는 지혜로운 이와 순간을 함께해도 진리를 바로 깨닫습니다.

# 맑은 물에는
# 그림자가 또렷이 비춥니다

아침, 창문 틈으로 햇빛이 들어오면 유난히 먼지가 잘 보입니다. 맑고 고요한 물에 그림자가 또렷이 비치듯 말입니다. 이처럼 마음도 맑고 고요하면 자신의 주변에서 생겨나고 사라지는 것들의 변화를 잘 알 수 있습니다.

그러나 많은 분들이 변화를 두려워합니다. 한 중년 여성이 저를 찾아왔습니다. 남편의 외도가 의심된다고 했습니다. 결혼기념일을 잊지 않고 챙기던 남편이 언젠가부터 자신의 생일조차 잊는다는 것입니다. 흔히 말하는 뒷조사도 부탁해 보고 직장 동료들에게 물어도 봤지만 다른 여자가 있는 것 같지는 않다고 했습니다. 도대체 무엇이 남편의 마음을 변하게 한 것인지 알 수 없다며 답답한 심경을 털어놨습니다.

남편의 사랑이 식었다고, 예전 같지 않다고 한탄하고 푸념하는 것은 일어남과 사라짐의 이치를 모르기 때문입니다. 변하는 것이 정상이며, 변하지 않는 것은 비정상입니다. 그러므로 바위처럼 그대로 있으면서 변하지 않는 무언가를 좇을 일이 아닙니다.

모든 변화를 당연시하고, 해결 방법을 적극적으로 모색하는 것이 행복해지는 비결입니다. 남편의 마음에 변화가 있다면, 나도 남편에게만 쏠린 마음을 잠시 접고 다른 취미를 찾아보세요. 어느새 남편이 먼저 나의 변화에 대해 이야기를 걸어 올 것입니다.

＊

변화는 두려워해야 할 대상이 아니라 내 마음을 보여 주는 반가운 손님입니다. 그러니 변화를 투영하세요. 변화에 부딪히고 그 변화를 이끌어 나가는 사람이 되세요.

# 머릿속을 떠나지 않는
# 질문이 있습니까

요즘은 한국의 절을 찾는 외국인이 많습니다. 이들을 대상으로 종종 템플 스테이를 열기도 합니다. 한국의 절 문화가 익숙하지 않을 법도 한데 제법 진지하게 따라하는 이들을 보노라면 저절로 감탄의 웃음이 납니다.

그런데 이들에게 강연을 하며 느낀 점이 있습니다. 제가 앞에서 이야기를 하면 한국 분들은 그저 조용히 듣기만 하는데 비해 외국인들은 참으로 많은 질문을 한다는 것입니다.

"왜 합장을 하는 것입니까?"

"왜 다른 사람에게 선행을 베풀어야 합니까?"

"다시 태어난다는 것의 의미가 무엇입니까?"

쉬운 질문부터 무릎을 탁 치게 만드는 어려운 질문까지, 이들의 질문에 답하다 보니 강의가 훨씬 풍부해지고 얻는 것이 많아지더군요.

우리나라는 옛부터 윗사람이나 나이 든 사람에게 질문하는 것을 마치 예의에 어긋난 행동인 것처럼 여겼기 때문에 침묵이 습관화 돼 버렸습니다. 또 단체 생활이 많은 한국인의 특성상 튀지 않는 것을 미덕으로 여기기 때문인 탓도 있습니다. 이런 까닭에 우리 사회는 질문하는 법을 잊어버렸습니다.

질문하지 않는 사회는 병든 사회입니다. 내가 입고 먹고 관계를 맺는 모든 것들에 대해 치열하게 토론하고 바꾸어 나가야 합니다. 기업이나 정치도 마찬가지입니다. 물론 그 해결책이 모두에게 만족을 줄 수는 없지만 끊임없는 질문과 토론을 통해 답을 도출해 내는 과정에서 한 발짝 성장의 가능성을 엿볼 수 있는 것입니다.

예전에 한 드라마에서 보았던 장면이 기억납니다. 다산 정약용 선생이 유생들을 모아 일부러 엉터리로 강의를 했습니다. 그런데 다른 유생들은 모두 그 강의가 재미있다며 경청했지만 주인공은 미심쩍은 부분에 대해 계속 질문을 던지며 스승을 몰아세웠습니다. 강의가 끝나고 정약용이 주인공에게만 높은 점수를 준 것은

167

당연한 일이었습니다.

＊

박 터지게 질문하세요. 싸워서 피를 흘릴지라도, 상처가 남을지라도 머릿속을 떠나지 않는 질문 하나를 남겨 두어야 합니다. 모든 것에 호기심을 갖고 다른 시각으로 보는 데서 성장은 시작됩니다.

# 혼신의 힘을 쏟는
# 딱따구리처럼

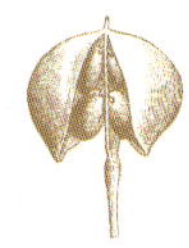

국사암에서 쌍계사까지 가려면 두 갈래 길이 있습니다. 하나는 차가 다닐 수 있는 길로, 마을을 통하여 약간 돌아가게 되어 있습니다. 또 하나는 산을 통해 걸어서 다니는 오솔길입니다. 그 오솔길의 초입은 평평하면서도 비교적 반듯하게 길이 나 있으며, 양쪽으로 소나무와 참나무가 키를 겨루듯 쭉쭉 뻗어 있습니다. 또한 틈틈이 산죽이 푸른 기상을 자랑하듯 빼곡히 들어차 있어 많은 사람들이 그 아름다움에 경탄을 금치 못합니다. 더군다나 계절에 따라 낙엽과 함께 솔잎이 황금처럼 누렇게 바닥 전체에 깔려 있어 더욱 포근한 느낌을 줍니다. 그래서 산책하기에는 기가 막힌 코스입니다.

하루는 서걱거리는 낙엽을 밟으며 홀로 천천히 걷고 있는데, 어디서 나무 찍는 듯한 소리가 들렸습니다. 가만히 귀 기울여 들어 보니 얼마 떨어지지 않은 나무 위에서 딱따구리 한 마리가 참나무를 열심히 쪼아 대고 있는 게 아닙니까. 그 소리가 "딱 딱 따악"하면서 어찌나 야무지게 들리는지, 넋을 잃고 그 모습을 한참 바라보고 있었습니다.

자그마하면서도 한없이 가냘파 보이는 새는 주위에 다가서는 소리조차 아랑곳하지 않고 참으로 열심히 나무를 쪼아대고 있었습니다. 벌레라도 잡아먹으려는 것일까요. 저 단단한 참나무를 그토록 가냘파 보이는 새 한 마리가 과연 얼마나 쫄 수 있을까요. 하지만 새는 길고 뾰족한 부리에 온 힘을 모아 머리를 한껏 뒤로 젖혔다가 힘차게 나무를 쪼아 댔습니다.

"딱 딱 딱딱."

마침내 나무의 껍질부터 차근차근 벗겨져 나가기 시작하고, 이내 그 허연 속살을 드러내면서 파이기 시작했습니다. 나무껍질이 아래로 툭툭 떨어져 내리는 모습을 보고 있자니, 경탄의 소리가 절로 나왔습니다.

"그래, 저렇게 한곳에 온 힘을 쏟아부을 때, 자못 불가능해 보이는 일조차 해낼 수 있겠구나."

*

도를 닦는 것은 물론, 사회생활을 하는 것도 자신의 분야에 혼신의 힘을 쏟을 때, 길이 열릴 것입니다. 그날의 스승이 되었던 딱따구리처럼 말입니다.

지금 이 순간 꺼지지 않는 불길처럼 타올라야 합니다. 도전을 받아들이고 승리의 쾌감을 느낄 수 있는 것도
인간이기에 가능한 일입니다. 스스로 자신을 믿어야 합니다.

# 행복합니다,
# 행복합니다

사람들은 세상을 이분하는 것이 나쁘다고 말하지만 모든 것은 이분됩니다. 부자와 가난한 자, 잘생긴 사람과 못생긴 사람, 일등과 꼴등….

그러나 꼴등이 패자는 아니라는 사실이 중요합니다. 꼴등이 스스로 일어서지 못하고 도전하지 못할 때 비로소 패자가 되는 것입니다. 진정 승자와 패자를 가르는 잣대는 마음의 태도에 있다는 말입니다.

긍정적인 사람— 부자, 좋은 사람, 성공, 승자, 잘생긴 사람, 도전

부정적인 사람— 가난한 자, 나쁜 사람, 실패, 패자, 못생긴 사람, 포기

긍정적인 사람이 어떻게 부자가 되느냐고요? 긍정적인 사람은 비록 가난하더라도 마음이 부자입니다. 긍정적이기 때문에 더 좋은 사람을 만날 수 있습니다. 늘 환한 얼굴이다 보니 잘생긴 사람이 됩니다. 한 번 실패를 하더라도 긍정적이다 보니 그것을 거울 삼아 다시 도전하게 됩니다.

부정적인 에너지는 음지에서 자랍니다. 부정적인 사람들은 무엇이든 안 된다고 생각해 아무것도 하지 않으므로 가난해질 수밖에 없습니다. 또한 늘 인상을 쓰다 보니 양미간에 주름이 가득합니다.


중요한 진리가 있습니다. "행복하다, 행복하다, 행복하다!"라고 생각하고 말하면 진짜 행복해진다는 것입니다.

이 우주에는 분명 좋은 에너지와 좋지 않은 에너지가 존재하고 있습니다. 그리고 우주에 흐르는 그 기운들은 서로 같은 부류들끼리 짝을 지으려는 성질이 있다고 합니다. 그렇기 때문에 만약 당신이, "슬퍼, 힘들어, 우울해, 잘 안 돼, 불행해!"라는 말만 되풀이한다면, 닮은 무리를 찾고 있던 우주의 불행한 기운들이 어느새 몰려와 당신의 발목을 단단히 잡는다고 합니다.

하지만 활짝 핀 꽃이 내뿜는 아름다운 향기를 쫓아 나비가 날아들듯, 행복한 곳에는 행복한 기운만 찾아드는 법입니다. 행복을 기다리는 작은 생각의 굴뚝에 열심히 불을 지펴 주세요. 그러면 당신의 굴뚝에서 피어나는 따뜻하고 뽀얀 연기를 향해 온 우주의 행복한 기운들이 달려올 테니까요. 그 에너지들이 모이고 모여 어느 날, 당신의 행복을 불꽃처럼 활활 타오르게 할 테니까요. 장사가 잘되는 가게를 처음 온 손님들도 덩달아 줄을 서고 모여드는 것처럼 말입니다.

이 세상은 긍정적인 사람의 것입니다. 긍정적인 사고를 갖는 습관을 만들어야 합니다. "잘했어! 괜찮아! 좋아!"라고 자기 자신에게 먼저 말해 주어야 합니다. 남에게 칭찬을 받으려 하지 말고 스스로를 칭찬하는 것이지요.

아주 사소한 것부터 연습해야 합니다. 예를 들어 아침에 일어났을 때 자신의 표정을 떠올려 보세요. 일어나기 귀찮고 힘들어서 잠이 덜 깬 부스스한 얼굴로 인상을 쓰는 사람들이 대부분입니다. 아침은 하루의 시작입니다. 깨어남이고 새로 태어남입니다. 일어나자마자 기쁜 마음으로 거울을 보며 자신을 향해 미소 지어주세요. 그리고 하루의 첫 만남인 가족과도 웃음을 나누세요. 아주 작고 사소한 일에서부터 긍정적인 마음은 시작됩니다.

고대 이스라엘 팔레스타인 외역에 살던 유대인 랍비 디아스포라Diaspora가 말한 승자와 패자에 관한 글이 있습니다.

승자는 언제나 답을 제시하지만, 패자는 언제나 문제를 제기한다.

승자는 언제나 계획을 세우지만, 패자는 언제나 계획을 미룬다.

승자는 "너를 위해 내가 그것을 하겠다"고 말하며 위험을 감수하지만, 패자는 "그것은 내 일이 아니다"라고 말하며 숨는다.

승자는 모든 문제에서 답을 찾아내지만, 패자는 모든 답에서 문제를 찾아낸다.

승자는 항상 할 수 있다고 말하지만, 패자는 항상 할 수 없다고 말한다.

승자의 입에는 솔직함이 가득하고, 패자의 입에는 핑계만 가득하다.

승자는 넘어지면 일어나 앞을 보고, 패자는 일어나 뒤를 본다.

승자는 패자보다 열심히 일하지만 시간적 여유가 있고, 패자는 승자보다 게으르지만 늘 바쁘다.

승자의 하루는 25시간이고, 패자의 하루는 23시간이다.

승자는 구름에 가린 태양을 보고, 패자는 구름 속의 비를 본다.

*

다른 이의 성공에 진심으로 칭찬해 주고 박수를 치는 사람, 당신이 승자입니다. 자신의 패배를 인정하고 왜 졌는지 파악하며 다시 연습하는 사람, 당신이 승자입니다. 얼굴만 세수를 하는 것이 아니라 매일 밤 눈

을 감고 마음의 때를 씻어 낼 줄 아는 사람, 당신이 승
자입니다. 어떤 상황에서도 유머를 찾아내고 주변을
밝게 만들 줄 아는 사람, 당신이 진정한 승자입니다.

# 한 가지
# 일만 하세요

　바쁜 일상생활을 살아가는 현대인에게는 한 번에 여러 가지 일을 처리하는 것이 무척 능력 있는 것으로 보일 수도 있습니다. 그래서인지 어떤 이는 밥을 먹으면서 TV도 보고, 한편으로 신문이나 잡지를 읽으며 옆 사람과 대화를 하곤 합니다.

　짧은 시간에 여러 가지 정보를 습득하고 전달해야 하는 현대인에게는 얼핏 필수적이라고 생각될 수도 있습니다. 하지만 몸과 마음을 수련하는 입장에서는 단연코 한 번에 한 가지씩 일을 하기를 권합니다.

　밥을 먹을 때는 밥 먹는 행위에 열중해야 합니다. 이것은 음식을 차근히 잘근잘근 씹으며 거기서 우러나오는 단맛을 음미하는 것입니다. 때문에 절대로 위장병에 걸릴 일이 없습니다.

책을 볼 때는 오로지 독서삼매에 빠져야 합니다. 추위와 더위를 잊고 선현 또는 저자와 맞대한 듯이 생생하게 읽는 것입니다.

대화할 때는 오로지 상대방과의 대화에 충실한 것이 좋습니다. 상대방으로 하여금 자신의 말을 경청하고 있다는 느낌을 주는 것만으로도 그 대화는 이미 성공한 것입니다.

이처럼 한순간에 한 가지 일에 몰두할 때 오히려 우리의 몸과 마음을 능률적으로 관리하는 방법을 발견하게 됩니다. 이것은 실제로 해 보면 알겠지만, 오히려 시간을 절약하는 길입니다. 중요한 일일수록 단시간의 몰두와 집중을 필요로 합니다. 산만한 마음가짐으로 이것저것 관여하고 여기저기 손을 댔다가 실수하는 사례는 얼마든지 있습니다.

한 번에 한 가지만 제대로 하기도 쉬운 일이 아닙니다. 하물며 여러 가지를 겸해서 한다면, 대체로 건성으로 할 수밖에 없습니다. 이것은 겉보기에는 여러 가지 일을 하는 것 같지만 실제로는 아무것도 제대로 못 해내고 있는 것입니다.

그러므로 옛 선사들도 말하지 않았던가요.

"배고프면 밥 먹고, 졸리면 잠잔다."

179

❋

밥 먹을 땐 밥만 먹고 잠잘 땐 잠만 자야 합니다. 엉뚱한 생각이나 참견하지 말고 이런저런 공상에 잠 못 이루거나 꿈조차 꾸지 말아야 합니다. 그리고 살 때 열심히 살다가 떠날 땐 미련 없이 떠나야 합니다.

# 왜 같은 말을
반복하는 걸까요

생각해 본 적이 있으십니까. 스승이나 어른들에게 듣고 자랐던 말들이 있습니다. 우리가 살면서 지속적으로 듣는 말들은 앞으로의 행동이나 생활에 도움이 될 만한 것이기에 지겹도록 듣게 됩니다. 진리이기 때문입니다. 이러한 것들입니다.

—

바닥에 하나의 선을 그어 보십시오. 그 선의 양 끝에 나와 타인을 나란히 올려놓습니다. 두 사람은 수평을 이루며 마주볼 수도 등을 돌려 설 수도 있습니다. 그리고 각자 앞만 주시하면 눈을 마주치지 않고 설 수도 있습니다. 이번에는 생전 처음 보는 사람을 선상에 올려놓습니다. 마주보고 설 수 있을까요? 아니면 두 사람 다 앞을 보며 설까요? 적어도 등을 돌려 서지는 않을 것입니다. 사람의 본성은 선함에 있음을 나타내는 것입니다.

—

마음은 한길, 즉 곧음에서 시작됩니다. 그런데 생각해 보면 몸은 둘로 나뉠 때가 있습니다. 머리와 가슴으로 말입니다. 이때 가슴은 온전히 감성을 추구합니다. 쉽게 정에 끌리는 것이 바로 가슴이 하는 일이지요. 그러나 머리는 반대입니다. 재는 것이지요. 나의 개인적인 생각으로 타인을 바라보는 것입니다. 심성은 어떤지, 인간관계는 어떤지, 나에 대해서는 어떻게 생각하는지…. 끊임없이 상대를 저울질합니다. 사실 내가 상대를 보는 눈과 상대가 나를 보는 눈은 같습니다. 우리가 같은 생각을 하고 있음을 깨우칠 때 머리와 가슴은 하나가 됩니다.

—

벽을 보고 앉습니다. 명상을 하듯 눈을 감아 봅니다. 잔생각이 넘쳐 납니다. 이는 누구도 마찬가지입니다. 자연스러운 일이라는 말이지요. 사고를 하는 동물은 모두 잔생각이 많습니다. 대개 지난날을 많이 떠올립니다. 왜 그랬는지 후회도 하고, 스스로 잘한 일이라고 칭찬도 합니다. 그리고 잠시 후 다시 생각을 지우려고

182

애를 씁니다. 쉼은 생각의 끝을 잡고 헤집는 것이 아닙니다. 내버려 두는 상태입니다. 던져두는 상태입니다. 머리를, 마음을 가만히 두세요.

—

행복을 찾습니다. 바람이지요. 아주 멀리 있는 것만 같습니다. 내 몸이 힘들기 때문입니다. 사람들은 작은 것에 소중함을 느끼라고 말합니다. 느껴지던가요? 아닐 것입니다. 필요에 의한 반사작용이라고 보면 됩니다. 누구나 욕심을 버릴 수는 없습니다. 하물며 작은 것이 성에 차겠습니까. 큰 것을 소중히 여기는 생활에 길들여진 우리는 마음에 느껴지는 감동이 없으면 작은 것은 바로 외면합니다. 이는 나와 상대를 엮는 이야기가 있어야 한다는 말입니다. 공감할 수 있는 일에 우리는 감동합니다. 감정이입이라고 하지요. 그렇다면 이러한 작은 감동을 찾아보면 쉽게 행복이 오지 않을까요?

—

기도하는 사람들이 많습니다. 몸과 마음이 힘들 때일수록 우리는 의지의 대상을 찾기 위해 기도를 합니다. 그런데 이때 하는 기도의 내용은 모두 자신을 위한 기도가 됩니다. 온통 바라는 일들뿐이죠. 기도는 지극히 개인적입니다. 내용을 알 수 없기에 더욱

자유로움 뒤에는 꼭 책임이 따릅니다. 자유는 방목과는 다른 개념입니다. 자신이 하는 언행
의 불일치함에서 오는 두려움이 책임을 동반하게 됩니다.

그러합니다. 그렇다면 주변으로 눈을 돌려 봅시다. 다른 사람들도 나처럼 자신을 위해 기도하고 있지 않은지 생각하게 됩니다.

보편적으로 기도는 나를 중심으로 시작해 나와 이어진 사람들에게 옮겨지죠. 결국 이 또한 나를 위한 기도가 되는 것입니다. 앞서 말한 온통 바라기만 하는 기도가 됩니다. 이때 이루어지는 기도의 답은 얼마나 될까요? 관계란 아주 단순합니다. 내가 아닌 타인의 기도를 해 보십시오. 그때 얻어지는 기쁨은 무척 큽니다. 마치 사랑하는 사람을 위해 기도하듯 말입니다. 그것이 결국 삶의 위안이 될 것입니다. 의지할 수 있는 대상도 그때 생겨납니다.

—

말의 위력은 대단합니다. 상상할 수 있는 것보다 훨씬 더 파장이 큽니다. 싸움이 일어났다고 합시다. 싸움은 대상이 있어야 가능한 것이고, 내 마음에 만족을 주지 못했을 때는 배가 됩니다. 많은 사람들이 싸움 끝에는 나의 편이 되어 줄 사람을 찾습니다. 그래서 그에게 자신이 싸운 이야기를 전합니다. 이때부터 굉장히 주관적인 이야기가 되어 버립니다. 사실 두 사람이 싸운 이야기를 들어보면 각자 실수한 부분이 큽니다. 그것에 보태어 감정까지 상한 상태입니다. 자존심이 상하는 말을 주고받은 때문입니다. 중재를 한다 해도 쉽게 화해할 기미는 보이지 않습니다. 대개가 이런 상황입니다. 입장의 차이를 줄일 수 없기 때문이죠. 그렇다면 이 싸움의 파장을 줄이기 위해서는 어떻게 해야 할까요? 적어도 싸움을 확대 해석해서는 안 됩니다. 주관적인 입장을 또 다른 이에게 전하지 말아야 한다는 말입니다. 문제의 중심을 바라보는 눈은 타인이 아닌 내가 길러야 합니다.

———

설득과 고집의 차이가 있습니다. 회사에서 회의를 진행하고 있는 상황을 생각해 봅시다. 브리핑을 맡은 담당자는 자신의 의견이 관철되길 원합니다. 의지가 대단하지요. 그런데 순간 다른 사람이 그의 말을 자르고 반대의견을 내세웠다고 합시다. 이에 발표를 하던 사람은 발끈하여 언성을 높였을 것입니다. 화를 내는 것이 아니라 자신의 의지를 보여주기 위해서 말입니다. 아니면 속이 타들어 가더라도 계속 브리핑을 할 것입니다. 이후 의견들이 자유롭게 오갑니다. 안건에 대한 찬반과 그 실효성에 대한 논의일 것입니다.

이때 자신이 내놓은 안건에 대한 반대의견이 많다고 가정해 봅시다. 어떻게 하시겠습니까. 자신의 의견이 무조건 옳다고 우기시겠습니까, 아니면 그들의 의견을 수렴해 좀 더 나은 방안을 모색하시겠습니까? 대부분의 사람들은 반대 의견에 대해 자신의 안건이 잘못된 것이 아니라 상대의 배타적인 시각에 문제가 있다고 단정할 것입니다. 그리고 미움이 생겨나겠지요. 의견 차이를 수용하는 정도에 따라 관계가 달라집니다. 좁디좁은 마음의 폭을 더 넓

히시겠습니까, 아니면 포기하시겠습니까. 우리가 가진 수용의 범위는 얼마나 넓고 깊은 것인지 생각해 보게 됩니다.

―

나이 듦에 대해 생각해 봅니다. 지극히 시시콜콜해지고 유약해집니다. 일반적으로 우리는 자라면서 어른은 경험과 지식이 풍부한 대상이라고 배웁니다. 그렇기에 그에 반하는 행동을 해서는 안 된다고 가르칩니다. 그러나 노하우와 주관은 큰 차이가 있습니다. 자신의 과거 경험이 옳고, 그 길을 꼭 가야만 성공할 수 있다고 젊은이들을 선동해서는 안 된다는 말입니다. 요즘 사람들은 자신을 중심으로 세상이 돌아간다고 생각합니다. 그렇기에 더욱더 삶의 길을 강요해서는 안 됩니다. 모든 일은 내가 이끌어가는 것이며 바꾸는 것 또한 내 몫입니다.

이때 어른들이 수용해야 할 것이 있습니다. 그들의 자신감과 아이디어를 부러워할 것이 아닌 자신의 과거의 행동이 정말 옳았는지, 그렇다면 왜 지금 후회가 남는지를 짚어 봐야 합니다. 모든 일은 지나고 나면 후회로 남는다고 하지만 그렇지 않은 사람들도 부지기수입니다. 젊은 사람이나 나이 든 사람이나 같은 시대를 살아가고 있습니다. 나이 듦이 젊은이들의 상상의 날개를 꺾는 고집과 연결되지 않도록 해야 합니다. 수평적인 사고를 할 수 있는 어른의 자리가 필요한 때입니다.

이러한 것들은 언젠가 한 번쯤은 들어보았을 말들입니다. 그런데 이런 이야기를 왜 계속해서 듣고 사는지 생각해 보셨습니까? 교훈이라 그럴까요? 아닙니다. 실천하지 않기 때문입니다. 아주 쉬운 예가 하나 있습니다. 매일 반복해 '잘될 거야'라는 말을 백 번쯤 하라고 권합니다. 그런데 이 말을 듣고 실천하는 사람들은 얼마나 될까요? 잘 되지도 않을뿐더러 귀찮아합니다.

문제는 지겨울 정도로 듣는 이 말을 지겨울 정도로 반복해 보았느냐에 있습니다. 10년 가까이 자신의 인생노트에 꿈을 기록한 골퍼가 있습니다. 대개 이런 이야기를 하면 사람들은 대단하다고 생각하지만 속으로는 인생노트가 아니라 원래 그 사람이 가진 자질과 능력 때문에 성공했다고 봅니다.

우리는 성공한 사람들의 이야기를 관찰하는 것만 좋아합니다. 단순한 관찰로 끝난다는 말입니다. 왜 몸에 담고 옮기지 않는 것일까요. 왜 자신도 그들과 다르지 않다고 스스로 인정하지 않는 걸까요. 자기애와 자존심이 강한 우리나라 사람들이 말입니다. 번거롭다는 이유로 단 한 가지도 실천하지 않으려는 모습을 볼 때면 안타깝습니다.

"답답할 때 가끔 하늘을 보세요. 소리도 질러보고 울어도 보세요. 그리고 관대해지세요. 너그러워지세요."

이런 말을 이야기해 봐야 시큰둥한 반응이 올 때가 많습니다.

"그래서 뭐, 어쩌라는 거야."

*

지겨운 것입니다. 사실 우리는 지겹도록 변해야 하는데 말입니다. 그러나 지겹다고 말하기 전에 한 번이라도 몸으로 익히고 실천하는 것이 먼저입니다. 진리는 통하기 때문입니다.

:

# 4장

# 하나되기

나의 그늘이 상대의 그늘이 되지 않도록 독을 뱉어 내지 말아야 합니다. 기대는 희망이 있기에 가질 수 있듯, 상대가 하고자 하는 일로 희망을 품도록 이끌어야 합니다. 어리석음에서 헤어나는 길은 타인의 마음을 살피는 것으로 자신의 그늘을 없애는 일입니다.

# 후회 없이
# 가야 합니다

살아가는 동안 우리는 참으로 많은 일을 합니다. 많은 생각을 하고, 많은 사람들을 만나고, 많은 계획을 세웁니다. 사랑도 하고 이별도 합니다. 그런데 대부분의 사람들은 지나온 것의 절반이 넘는 일에 대해 후회합니다.

조금만 더 열심히 공부했더라면, 그때 조금만 참았더라면, 싸우지 말걸, 조금 양보할걸, 부모님 말을 좀 들을 걸, 조금만 먹을 걸, 운동을 해야 했는데, 맛있는 것이라도 사 줄걸, 따뜻한 말 한마디 건넬걸, 살아계실 때 잘해드릴 걸….

돌이켜 보았을 때 인생의 모든 것이 후회로만 남는다면 삶은 너무 허무하고 쓸쓸해집니다. 후회 없는 삶이 어디 있겠습니까마는

그래도 노력해서 후회할 일을 줄이고 살아야 하는 것이 우리 삶의
목적이기도 합니다.

　우리는 세상을 그저 몸뚱이만 가지고 사는 것이 아니고, 허깨비
로 다니는 것도 아닙니다. 철없을 때에는 생각 없이 살았을 수도
있겠지만 배우고, 만나고, 부딪히고 깨달으면서 마음이라는 것을
찾고, 들여다보게 됩니다.

　적당한 후회는 깨달음을 가져다주지만 돌이킬 수 없는 후회들
이 많다면 참 바보처럼 산 것이 되겠지요. 어떤 일을 할 때 아주
작고 사소한 일이라도 나 자신에게 먼저 물어보고, 끊임없이 대화
를 나눈 뒤 시작해야 합니다.

　'내가 지금 밥 한 숟가락 더 먹어도 후회하지 않을까, 조금 더
자도 후회하지 않을까, 이렇게 말해도 후회하지 않을까, 부모님이
돌아가시고 나면 용돈을 적게 드린 것이 후회되지 않을까….'

　깨달음이란 되물음 가운데 생겨나는 것입니다. 아낌없이 선택
한 시간이나 만남, 사랑에는 후회가 없습니다. 최선을 다했기 때
문입니다. 혹여 실패하더라도 자신이 생각하고 선택했다는 것을
알기 때문에 떳떳할 수 있습니다.

　'후회 없어. 여한이 없어!'

　어쩌면 죽을 때 이 말 한마디를 하고 가려고 우리는 이토록 삶
에 열심인지도 모릅니다. 그리고 어느 날 우리가 이 지구에서의

194

여행을 마치고 종착역에 다다랐을 때 그동안 만났던 벗들, 함께 살았던 가족들, 보냈던 시간들 앞에서 미소 지으며 죽을 수 있다면 얼마나 좋을까요.

'나, 참 잘 살았다. 후회 없어! 잘했어!'

한 제약 회사 광고가 생각납니다. 그들이 홍보하고자 하는 약이 중요한 것이 아닙니다. 그 광고에는 24시간 잘 쪼개 생활하는 샐러리맨이 등장합니다. 그는 새벽 5시에 기상하여 수영을 시작합니다. 그리고 아침밥을 대신해 인스턴트식품을 먹으며 회의 자료를 정리합니다. 이 시간은 오전 9시가 되기 전의 상황입니다. 그리고 회의에 참석해 브리핑을 합니다. 오전 시간을 마무리한 샐러리맨은 오후 근무에 들어갑니다. 자료를 찾고 아이디어를 끌어냅니다. 시계를 계속 쳐다보며 1분 1초에 전전긍긍하는 그의 모습이 비춰집니다.

퇴근 후 그는 저녁식사를 간단히 때우고 영어 학원으로 달려갑니다. 저녁 9시가 되어 끝났지만 하루 일과는 계속되고 있습니다. 기초 체력을 다지기 위해 체육관에 간 것입니다. 운동을 마치고 샐러리맨이 귀가한 시간은 밤 12시였습니다. 녹초가 되어 침대에 쓰러진 그는 다음 날 자신의 하루 일과에 휴식 시간을 넣습니다.

24시간을 종종걸음으로 다니던 샐러리맨이 얻은 것은 무엇일까요? 이러한 삶이 늙어 후회 없이 살았다고 자부할 수 있는 삶일까

인생은 그 끝이 너무 빨리 다가옵니다. 마치 고뇌와 고통으로만 가득했던 것 같은 착각도 일으킵니다. 외로움을 느끼는 것이지요. 초조해하지 않는 것이 중요합니다. 근심할 때 이미 생은 끝을 향해 달려가고 있습니다.

요? 물론 노력은 가상합니다. 하지 않는 사람보다는 무엇이든 시도하는 사람에게 주어지는 것이 분명히 있기 때문입니다. 그러나 우리는 기계가 아닙니다. 쉬어야 할 시간과 노력해야 할 시간을 구분하는 눈이 있어야 한다는 말입니다.

*

우리에게 주어진 시간을 어떻게 살아야 할까요? 깨달음은 가부좌를 틀고 앉아 손을 벌리고 있다고 해서 누군가 적선하듯 던져 주는 돈이 아닙니다. 찾아야겠지요. 자신의 삶을 말입니다. 후회 또한 내가 만드는 것입니다.

# 우연은
# 내가 만드는 것입니다

　최근에 개봉한 영화 〈레 미제라블〉의 인기가 대단합니다. 저도 오랜만에 극장 나들이를 하였습니다. 장발장은 배고픈 조카를 위해 빵 한 덩이를 훔치다 붙잡혀 오랜 감옥살이 끝에 풀려나지만, 다시 성당의 은그릇을 훔쳐 달아납니다. 그러나 주교의 두둔으로 풀려나고 오히려 은촛대까지 받게 되며 결국 자신의 잘못을 깨닫고 뉘우치게 됩니다.

　장발장은 꾸준한 선행을 통해 마침내 시장의 직위에까지 오르게 됩니다. 그리고 집요하게 자신을 쫓는 자베르 경감에 의해 죽음의 위기 상황에서도 사랑과 용서를 실천합니다.

　어떻게 보면 진부하다고 말할 수 있는 스토리지만, 장대한 뮤지

컬로 볼만하게 각색해 재미를 느낄 수 있게 만들었더군요. 누구나 알고 있는 스토리에 도대체 어떤 교훈이 있기에 오랜 세월을 두고 많은 사람들에게 회자되는 것일까요? 근본적인 이유는 고전적인 이야기 속에 담긴 주제 때문일 것입니다.

급변하는 시대 속에서도 변하지 않는 원칙이 있습니다. 사람들은 때때로 이 원칙을 망각하지만, 시간이 지나면 다시 찾게 마련입니다. 삶의 본질적인 가치는 결코 세월에 희석되지 않기 때문입니다. 그 원칙은 바로 사소한 행동에도 반드시 인과응보가 있다는 것입니다. 또한 과거에 저지른 잘못을 씻기 위해서는 목숨을 내놓는 것만큼이나 큰 노력이 필요하다는 사실입니다.

이런 믿지 못할 사례도 있습니다. 한 여성분이 너무나 창피하다며 밝힌 이야기입니다. 그분이 고등학교를 다닐 때였답니다. 자신보다 좋은 학용품을 쓰고 공부도 잘하는 친구가 왠지 모르게 미웠다고 합니다. 그래서 친구들에게 그 친구에 대한 나쁜 소문을 퍼뜨려 따돌리게 만들었습니다. 처음에는 단순한 질투에서 시작했지만 점점 화해하기가 힘들어졌다고 합니다. 결국 고등학교를 졸업할 때까지 그 친구는 따돌림을 당하게 되었고, 졸업해 서로 연락이 뜸해지며 전혀 소식을 듣지 못하게 되었답니다.

그런데 남편의 직장에서 부부동반 모임이 있어 참석했는데, 사장 부인이 되어 있는 그 친구를 만나게 되었습니다. 자신은 그때의 일을 이미 잊어버린 터라 반갑게 인사를 했는데, 예전에 따돌림을 당했던 것이 마음의 상처로 남아 있던 친구는 자리를 피했다고 합니다. 그 사건 이후 사장이 남편을 드러내 놓고 괴롭히는 것이 자기 탓인 것 같아 마음이 아프다고 털어놨습니다.

*

자신이 던진 돌멩이는 언젠가 자신의 발부리에 걸리게 됩니다. 씨앗이 자라 열매를 맺듯, 멋모르고 저지른 악행일지라도 고스란히 자신의 괴로움으로 돌아오게 되는 것입니다. 모든 일에 우연은 존재하지 않습니다.

# 인연은
# 끝없는 파동입니다

쌍계사 큰스님을 모시고 문중 스님들과 함께 베트남 하롱베이와 캄보디아 앙코르와트로 성지순례를 갔을 때 일입니다. 은은한 안개 속에 삼천여 개의 섬이 떠 있는 하롱베이는 몽환적 분위기를 자아냈습니다. 거목들이 사원을 뒤덮고 있는 앙코르와트 또한 명성에 걸맞은 압도적인 규모를 자랑하고 있었지요. 볼만한 풍광들이었습니다. 하지만 무엇보다 감명 받았던 것은 베트남 가이드에게 들은 라이 따이한에 관한 스토리였습니다.

라이 따이한이란 한국 남자와 베트남 여성에게서 태어난 혼혈아를 일컫는 말입니다. 월남전 당시 적지 않은 라이 따이한들이 생겨나게 되었지요. 베트남 국내에서 라이 따이한에 대한 시선은 곱지 않다고 합니다. 외세의 침략을 수없이 겪고 살아온 베트남 사람들은 외국인에 대한 경계심을 가지고 있으며, 외국인들과 베트남 여성 사이에서 낳은 아이들에게도 배타적인 태도를 취했습니다. 심지어 라이 따이한은 출생신고조차도 할 수 없었습니다. 교육 받을 기회도 차단된 그들은 결국 사회의 빈민층으로 전락할 수밖에 없는 처지였습니다.

월남전 당시 파견 근무를 하면서 베트남 여인과 결혼을 하고 아이까지 낳아서 키운 대기업 직원이 있었습니다. 그런데 전쟁이 끝나고 서둘러 한국으로 돌아오게 되면서 결혼 생활도 끝나게 되었습니다. 나중에 꼭 데리고 가겠다는 다짐만을 남기고 차일피일 시간이 흘렀습니다. 시간이 지나며 아내와의 연락도 두절되고 행방이 묘연해졌습니다. 아무리 수소문을 해 봐도 연락이 닿지 않았고, 당시에는 베트남에 입국 자체가 불가능했던지라 결국 속절없이 세월만 흘러가게 되었습니다.

다시 한국과 베트남이 수교를 맺게 되었을 때 바로 달려가 찾아보았지만 영 찾을 수가 없더랍니다. 할 수 없이 가까운 지인에게 신신당부를 하고 기다리다 보니 20여 년의 세월이 흘렀습니다. 그는 대기업의 부회장이 되었습니다.

그러던 어느 날 아들을 찾았다는 연락이 왔습니다. 황급히 찾아가 보니 아들은 남부의 고무 농장에서 일하고 있었습니다. 아들을 볼 수 있다는 기대감에 부풀어 찾아간 농장의 조건은 너무나 열악했습니다. 돼지우리 같은 처소에서 마치 노예처럼 생활하고 있었던 것이지요. 또한 가까스로 만난 아들은 냉담한 얼굴로 자신에게는 외국인 아버지가 없다고 잘라 말했습니다. 그러나 분명 그의 핏줄이었습니다.

그는 아들의 처소에서 사흘간 같이 생활하며 아들을 설득했습니다. 그리고 마지막 날 밤을 지새우며, "이제 내일이면 나는 가야 한다. 언제라도 마음이 돌아서면 연락을 다오"라는 말을 하고 잠이 들었습니다. 그런데 아침에 눈을 뜨니 아들이 자고 있는 자신의 얼굴을 애틋하게 쳐다보고 있었다고 합니다. 결국 부자는 눈물을 쏟으며 뜨거운 포옹을 나누었고, 그는 아들에게서 엄마가 비참하게 살다가 얼마 전에 죽었다는 얘기를 듣게 되었습니다. 왜 이제야 데리러 왔느냐는 아들의 말에 그는 어떠한 답변도 할 수 없었답니다.

그날로 농장 주인에게 350만 원을 주고 아들을 빼내어 지인에게 맡겼다고 합니다. 아들은 낮에는 학교에 다니고 밤에는 봉제 공장에서 일하며 7년 만에 대학을 졸업했습니다. 그리고 마침내 졸업식 날, 아버지는 아들에게 자신이 해 줄 수 있는 것은 무엇이든 다 해 주겠다며 소원을 말해 보라고 했습니다. 그때 아들의 답변은 의외였습니다. 고작 재봉틀 두 대였던 것입니다.

아버지가 선물한 재봉틀 두 대를 밑천으로 열심히 일한 아들은 이후 봉제 공장을 설립하고, 직원들을 두게 되었습니다. 그 직원들의 대부분은 자신과 같은 처지의 라이 따이한들이었습니다.

아들은 직원이 필요할 때마다 라이 따이한들을 고용하여 일과 공부를 병행하도록 배려했습니다. 아버지는 자신의 생일날, 350여 명의 직원들이 축하의 절을 올리는 것을 보고 감동의 눈물을 흘렸다고 합니다.


이러한 내용이 지역신문에 실리게 되고, 점차 여론화되면서 라이 따이한들도 출생신고를 할 수 있게 되었다고 합니다.


인연의 파동은 이처럼 연결되어 있는 것입니다. 수십 년 전에 맺은 부부의 인연과 베트남의 출생신고 체계는 언뜻 관계가 없는 것처럼 보이나, 인연의 끈을 끝까지 놓지 않은 한 사람의 노력이 라이따이한의 권리를 살려 준 것이지요. 또한 절망적인 나날 속에서도 살아있었던 아들이 아버지의 은덕으로 독립할 수 있게 되고, 자신과 같은 처지의 라이 따이한들을 위해 노력한 것이 일파만파로 영향을 미친 것입니다.

*

저 큰 바다도 결국 한 방울의 물이 모인 것이고, 저 높은 산도 한 덩어리의 흙이 모인 것입니다.

〈선가귀감〉에는 이런 말이 있습니다.

"물거품 같은 이 몸은 다할 날이 있지만 진실한 행동은 헛되지 않다."

오늘 만나는 모든 인연을 중히 여기고 진실하게 대하세요. 매일 선善한 인연의 집을 지으십시오.

•••••••

마음과 정신, 유전자에 축적된 성향이 지금의 나를 만들었습니다. 그
리고 여기까지 오게 해 우리는 만나게 되었습니다. 이러한 인연이 습껼
입니다. 오늘 내린 빗방울을 맞는 것도, 아침에 문득 보게 된 꽃도, 오
가다 만나는 벗들도 습껼입니다. 만나고 사랑하고 싸우고 배우면서 우
리는 성장합니다. 그곳에 우리가 살아가야 하는 이유도 있습니다.

# 마음을 얻기 위해
# 버리는 것들

〈봄 여름 가을 겨울〉이라는 영화가 있습니다. 이 영화를 보면 어린 동자승이 노스님을 모시고 단둘이 호수 한가운데서 살고 있지요. 어느 날 도시에서 아리따운 여학생이 요양 차 기도하러 옵니다. 그렇게 한동안 함께 지내다 보니 둘은 말 그대로 애정의 불이 붙었습니다. 결국 동자승은 이 여인을 따라 환속을 하게 됩니다.

시간이 흘러 동자승은 청년이 되었습니다. 그런데 여인이 그만 다른 사람과 사랑에 빠지게 됩니다. 질투와 분노에 사로잡힌 청년은 결국 살인을 하게 되고, 도망을 다니다가 절로 다시 돌아가게 된다는 내용입니다.

이런 단편적인 스토리를 통해 결국 인간은 애욕으로 인해 죄악을 저지른다는 것을 보여 줍니다. 평상시라면 그런 행동을 안 했을 사람도 질투심에 사로잡히면 무슨 짓이든 할 수 있는 것입니다.

요즘 데이트 강습이 성행하고 있다고 하지요. 여자를 만나는 법부터 대화하는 기술, 심지어 스킨십을 유도하는 법까지 전수하고 있다고 합니다. 이쯤 되면 웃자고 하는 일이 아닐 겁니다. 한 강좌당 30~50만 원이 넘는 금액을 요구하는데도 수강생이 끊이지 않는다는 이야기도 들었습니다.

그러나 잠시 감언이설로 상대를 유혹하는 것이 가능할지는 모르나 오랜 만남으로 이어지기는 힘들 것입니다. 나의 밑천이 고스란히 드러나게 되는 것이 사랑이기 때문이지요. 특히 상대의 마음을 얻는 것은 내 마음대로 할 수 있는 일이 아닙니다. 감정을 나누는 일에는 거짓이 끼어들 수 없기 때문입니다. 질투심도 상대를 온전히 내 것으로 만들지 못했다는 마음에서 나오는 겁니다.

＊

사랑은 결코 배우거나 억지로 할 수 있는 일이 아닙니다. 절에 있다 보니 혼기가 꽉 찬 청년들이 상담을 청해 옵니다. 사랑만큼은 마음대로 되지 않는다고 괴로워하는 모습을 많이 보았습니다. 그때마다 저는 이

렇게 이야기합니다. 얻어야겠다는 마음을 버리고 상
대에게 아무것도 바라지 않으면 비로소 사랑이 올 것
이라고. 그러니 억지로 하기보다 내버려 두는 편이 더
좋을 듯합니다. 여러분의 사랑은 어떠한가요?

# 이해의 문을
# 열어 보세요

"사정이 있어 가지 못합니다."

한 중년의 신도가 찾아와 고민을 털어놓았습니다. 얼마 전 중견 기업의 부장으로 승진했다고 합니다. 연초 단합 대회 차원에서 회식을 추진했는데 신입 사원이 선약이 있다며 불참 의사를 밝힌 것이었습니다. 그것도 SNS 메시지로 남겨 매우 황당했다고 합니다. 요즘 젊은 직원들이 일과 사생활을 분리시켜 생각한다는 말을 들었는데 실제로 겪으니 적응이 안 되더라고 말했습니다.

반대의 일도 있었습니다. 스물아홉 살 사회 초년생의 이야기입니다. 팀장이 새로운 사업 계획안에 대해 의견을 내라고 해서 회의 시간에 말을 했다가 핀잔만 받았다고 합니다. 적극적으로 의견

대상이 있기에 그리운 것입니다. 또한 그 대상과 닿지 않기에 그리움이 이는 것입니다. 누구의 그림이 더 큰지 가늠하려 들지 마십시오. 그저 함께 머물렀다는 것에 감사하세요.

을 표출하는 것을 중요하게 평가한다고 하더니 정작 의견을 내면 '뭘 모른다'는 식으로 면박을 줘 민망했다고 합니다. 이제 다시는 의견을 내지 않겠다고 속내를 털어놨습니다.

이런 일은 아마 다른 직장에서도 비일비재할 것입니다. 조직 안에서도 여러 세대가 함께 섞여 있다 보니 세대차로 인한 갈등이 일어날 수밖에 없는 것이지요. 실제로 직장인 열 명 가운데 여덟 명은 세대차를 느끼고 있다는 뉴스를 보았습니다. 특히 커뮤니케이션 방식이나 업무 스타일에서 많은 차이를 보인다고 합니다. 젊은 세대를 중심으로 SNS 소통이 활성화된 데 비해 모바일 미디어에 익숙하지 않은 세대들은 이런 소통이 버거울 수밖에 없는 것이지요.

많은 사람들이 서로에게 다가가려 노력해야 한다고 이야기합니다. 그러나 가족과도 잘 소통하지 않는 젊은 세대들이 적극적으로 직장 상사와 소통할 리는 만무합니다. 상사들도 어색하기는 마찬가지입니다. 하지만 차이에 대해 불평하기 전에 왜 그런 차이가 생겨났는지를 먼저 생각해 보면 화해까지는 아니더라도 이해는 가능할지 모릅니다.

요즘 젊은 세대들은 일과 개인적 삶의 균형을 중요시합니다. 돈을 벌기 위해 추가 근무를 한다거나 개인 시간을 할애하는 일을 좀체 하려 들지 않습니다. 일하는 데 있어서도 의견 교환과 빠른 피드백을 선호합니다. 반대로 신세대를 보는 상사들의 속마음은 어떨까요? 자신이 젊었을 때보다 소위 '스펙'이 훨씬 좋은 세대들이 은근히 자신을 무시하는 것 같아 신경이 쓰이고 그 일환으로 버릇을 가르쳐 주어야겠다는 생각이 들 수 있습니다.

그러나 서로 불평만 늘어놓으면 결국 피해는 상사와 부하 직원 각각의 몫으로 돌아갑니다. 부하 직원은 상사에게 인정받지 못해 업무에 대한 애착심이 점점 떨어지고, 상사는 위로부터 리더십을 의심받게 됩니다. 결국 그 조직은 성과를 내지 못하게 됩니다. 삶은 돌고 도는 것이라 했습니다. 신입 사원도 언젠가는 상사가 되고 부하 직원을 거느리게 됩니다. 지금 서로에 대한 조금의 이해도 없다면 어떻게 조직의 성장을 기대할 수 있을까요?

✳

모든 것은 연결되어 있습니다. 관계를 잇는 연결 고리는 작은 이해에서 시작합니다.

'내가 무슨 말을 해도 알아듣지 못할 거야'라고 지레짐작하여 이해의 문을 닫기보다 서로가 서로를 필요로 하는, 결국 함께 가야 할 존재임을 인식하는 노력을 해 보는 것이 어떨까요. 마음의 빗장을 조금만 열어 보세요.

# 뱉어 내도 끝이 없는
# 그늘이란

거친 말을 종일 내뱉는 사람이 있습니다. 벌겋게 달아오른 얼굴에는 화가 가득합니다. 그는 입안에 비난을 한 움큼 물고 있는 것처럼 보입니다. 독설을 뱉어 내고 또 뱉어 내지만 자신의 성에 차지 않아 계속 독을 올립니다. 그러다가 결론을 내립니다. 그럼에도 불구하고 잘해 보자고. 그의 말을 들은 사람들은 종일 언짢습니다. 그리고 머릿속에 맴도는 그 말을 마음에 담게 됩니다.

지칠 만도 한데 지겹도록 비난을 쏟아 내는 사람들이 있습니다. 과거 자신에게 상처가 되었던 일이 다시 일어나면 도망치듯 남을 깔아뭉개는 사람들이 하는 말입니다.

그러나 강한 자는 입안에 비난을 물고 있지 않습니다. 상처를 되새기는 사람들 즉, 유약한 사람들이 고성을 내며 험담을 즐깁니다. 마치 자신이 인간의 지배자가 된 양 떠들어댑니다.

　우리는 목숨을 건다는 표현을 자주합니다. 어떤 일을 시작할 때 그만큼 최선을 다해야 한다는 말입니다. 그러나 말처럼 쉽지 않습니다. 남을 위해 선뜻 나서기를 두려워합니다. 타인을 대신해 뭔가를 짊어지기에는 우리 개개인은 너무 유약한 존재들입니다. 설사 그것이 가족이라 해도 마찬가지입니다. 그런데 비난을 그림자처럼 달고 다니는 사람과 목숨을 걸고 뭔가를 한다는 건 상상도 못할 일입니다.


　좋게 기억되는 사람과 나쁘게 기억되는 사람이 있습니다. 그사이에는 충격이라는 감정이 포함되어 있습니다. 예를 들어 어떤 상황을 풀어 가는 과정에서 쉽고 어려움이 아닌 충격적인 일이 벌어졌느냐 아니냐 하는 것으로 판가름되는 것이 있다는 말입니다. 이 충격적인 일이라고 함은 나쁜 일일 수도 좋은 일일 수도 있습니다.

　평생 웃지 않던 사람이 어느 날 크게 웃었을 때 우리는 적잖은 충격을 받습니다. 혹시 저 사람이 미친 것은 아닌지 의심도 합니다. 이러한 충격은 상대를 좋게 기억할 수 있는 여지를 만듭니다. 어쨌든 행복해지고자 하는 본인의 노력이 가상하기 때문입니다.

　반대로 뭘 해도 나쁘게 기억되는 사람이 있습니다. 내 자본을 소진한 사람입니다. 내 것이 남의 것이 되는 순간 사람들은 분노

216

합니다. 내 것이 나의 것이고 남의 것도 나의 것이 될 때 비로소 행복하다고 느끼기 때문입니다. 이 또한 충격이 될 수 있습니다.

내 안에서 수용할 수 있는 것과 수용할 수 없는 일로 우리는 사람을 두 부류로 나누게 됩니다. 고약하게도 우리는 정情이라는 감정을 지니고 있습니다. 그렇기에 때로는 나의 자본을 손실했다 할지라도 좋은 감정을 이어갈 수 있습니다. 그러나 대개는 이 정을 가운데 두고 반하는 사람은 늘 악인이 됩니다. 뱉어 내고 뱉어 내도 끝이 없는 최악의 인물로 낙인찍히게 됩니다. 과거의 그늘, 즉 몸에 담고 있는 상처는 그곳에서 시작됩니다.


비출 수 있는 모든 사물에 자신의 얼굴을 비춰 보십시오. 어느 날에는 거울 속에서 낯선 이를 만날 때가 있습니다. 낯설다는 것은 그간 자신이 볼 수 없었던 모습을 대할 때 느껴집니다. 전혀 '나답지' 않은 상대를 만나는 느낌이라고 할 수 있습니다. 그러나 우리는 이내 그 모습도 나의 모습이라 연습하기 시작합니다. 일어났던 감정의 원인을 찾기보다 그저 나의 새로운 모습을 발견하고는 이 또한 나라는 착각으로 덮어 버립니다. 이것은 생김을 말하는 것이 아닙니다. 그 얼굴에 들어차 있는 그늘을 말하는 것입니다.


부산에 방문한 적이 있습니다. 해변을 거닐며 잠시 바람을 담고 있었습니다. 초겨울이 시작될 무렵이라 쌀쌀하게 느껴졌습니다.

그때 한 사람이 눈에 들어왔습니다. 방파제에 세워진 휠체어에 앉아 있던 그는 미동도 없었습니다. 순간 저는 주변을 두리번거렸습니다. 함께 온 사람이 분명 있을 것이라는 생각에서였습니다.

좀 더 가까이 가 그분을 살폈습니다. 날이 차니 그만 들어가시라는 말도, 휠체어를 밀어드릴까요, 라는 말도 건네 보려 했지만 그만두고 곁을 지켰습니다. 나이가 꽤 들어 보였던 그분은 이어폰을 귀에 꽂고 있었습니다. 음악을 듣는 것인지 아니면 누구의 음성을 듣는 것인지 그저 먼 바다만 응시할 뿐이었습니다. 몸의 마비 때문에 눈동자의 움직임도 자연스럽지 못했습니다.

30여 분이 지났을 때였습니다. 그분을 마중 나온 듯 한 여성분이 다정하게 말을 걸었습니다.

"이렇게 바람 쐬니 좋지? 곧 괜찮아질 거야."

그들이 사라지는 먼발치를 계속 바라보며 생각했습니다.

'저들에게도 그늘이 있을까?'

그들에게는 이미 그늘이 사라진 듯 보였습니다. 꽤 익숙해 보이는 그들의 행동은 단순히 하루 바닷가에 놀러 온 관광객처럼 보이지 않았습니다. 오랜 시간 바닷가에 혼자 두었던 노인을 데려가는 그녀의 손길이 말해 주었습니다.


삶의 그늘이란 입안에 독설을 담고 내뱉지 않는다고 해서 가려지는 것이 아닙니다. 그렇다고 입 밖으로 뱉어 낸다고 해서 없어지는 것도 아닙니다. 어떤 방법이든 삶의 그늘은 생기게 마련입니다.

입장을 바꿔 생각해 보라고 말하는 사람들이 많습니다. 저는 이 말에 대해서는 좀 지나치다 싶을 정도로 수긍하지 않는 편입니다. 조심스러운 부분이 있기 때문입니다. 예를 들어 다툼이 일어난 상대와 입장을 바꿔 오늘은 내가 그에게 독설을 퍼붓고 다음 날은 상대가 나에게 독설을 퍼붓는다고 생각해 봅시다. 속이 후련해질까요? 안 되는 일에 대한 미련으로 쩔쩔매고 있는 꼴과 흡사합니다.

바라지 않는 것, 그 안에서 자신의 그늘은 지워지는 게 아닐까요. '생겨나지 않는 것은 아닐까'라는 마음은 베푸는 것이 아닙니다. 베푼다고 생각하면 마치 희생하는 것처럼 들리기 때문입니다. 바닷가에 홀로 있던 노인과 여인을 보며 많은 생각이 지나갔습니다.

'자신이 하고 싶은 일을 하고 있기 때문에 여인에게서 그늘을 찾을 수 없었던 것은 아닐까? 추운 날씨에 먼 바다를 응시하던 그 노인의 마음을 읽은 것은 아닐까?'

그들에게는 그늘이 없었습니다. 사랑이 있을 뿐이었습니다.


＊


자신에게 이익이 되어야지만 비로소 행동하는 사람처럼 어리석은 사람은 없습니다. 그런 사람은 그늘을 스스로 만드는 것입니다. 우리를 왜 우리라고 하는 것일까요? 너와 나, 각각의 존재가 아니라 마치 퍼즐 조각처럼 일부를 끼워 맞추려는 노력이 있어야 진정한 의미의 '우리'라는 단어가 완성되기에 그런 것이 아닐까요.

그러므로 나의 그늘이 상대의 그늘이 되지 않도록 독을 뱉어 내지 말아야 합니다. 기대는 희망이 있기에 가질 수 있듯, 상대가 하고자 하는 일로 희망을 품도록 이끌어야 합니다. 어리석음에서 헤어나는 길은 타인의 마음을 살피는 것으로 자신의 그늘을 없애는 일입니다.

# 마음의 속도로
# 걸어가야 합니다

이 세상에서 가장 가벼운 것이 무엇일까요? 공기? 바람? 깃털? 어쩌면 쉽게 바뀌는 마음이야말로 요즘 세상에서 가장 가벼운 것이 아닐까 합니다. 마음의 변화는 바람보다 빠릅니다.

요즘은 어떤 소식이 화제가 되어 전 국민에게 알려지기까지 반나절이 채 걸리지 않는 듯합니다. 대부분의 사람들이 손에 들고 다니는 스마트폰 때문입니다. 손가락 몇 번만 움직이면 세상의 소식을 실시간으로 들을 수 있으니 이보다 더 좋은 기계는 없을 것입니다. 하지만 하루에 쏟아지는 수많은 정보를 보고 있노라면 마음도 덩달아 번잡스러운 듯한 느낌이 듭니다.

요즘 SNS를 통해 오랫동안 연락이 뜸했던 이들의 소식을 접하게 되며 많은 분들이 조급함을 호소합니다.

'저 친구는 나보다 더 좋은 직장에 다니는 것 같은데, 더 잘난 사람과 결혼한 것 같은데, 매주 가족과 나들이를 즐기며 행복해 보이는데….'

나보다 더 많이 가진 것 같은 그들을 얼른 따라잡기 위해 안간힘을 씁니다. 그들이 가진 여유가 부러워서 시작한 일인데 내 마음의 여유는 점점 더 없어지게 됩니다.

왜 이런 일이 발생하게 된 것일까요? 궁극적으로 살펴보면 교육의 탓이 큽니다. 오로지 좋은 대학에 가는 것만을 목표로 배웠기 때문에 학교를 졸업한 이후에도 좋은 직장, 좋은 배우자, 많은 자산이라는 목표를 추구하는 것에 익숙해졌기 때문입니다.

＊

사람마다 걷는 속도가 다른 것처럼 마음의 속도도 저마다 다릅니다. 지금 쉬어 주어야 다음 발걸음을 내디딜 수 있는 반면, 열심히 올라가야 하는 시기인 사람도 있습니다. 내가 따라야 할 것은 외부에서 들리는 목표가 아니라 내 마음의 속도임을 인정해야 합니다. 천천히 가는 것을 두려워 마세요. 채우며 가고 있는 것입니다.

# 사소한 순간이
# 말하는 것들

시장 한쪽 구석에서 양파 스무 줄을 놓고 파는 인디언 노인이 있었습니다. 한 백인이 양파를 사기 위해 노인에게 다가가 물었습니다.

"양파 한 줄에 얼마입니까?"
"10센트입니다."
"석 줄을 사면 얼마입니까?"
"30센트입니다."

백인은 별로 깎아 주는 것이 없다며 석 줄을 25센트에 달라고 말했습니다. 그런데 노인은 그럴 수 없다고 답했습니다. 백인은 그럼 여기 있는 양파를 다 사면 얼마에 팔 것인지 물었습니다. 노인은 백인을 물끄러미 쳐다보며 전부 다 팔 수는 없다고 했습니다. 백인은 의아해 그 이유를 물었습니다. 이에 노인은 담담한 어조로 말했습니다.

"나는 여기 단지 양파만을 팔려고 나와 있는 것이 아닙니다. 난 지금 내 인생을 살아가려고 여기 나와 있는 것입니다. 나는 이 시장을 사랑합니다. 북적대는 사람들을 사랑합니다. 시장에 내리쬐는 햇빛을 사랑하고, 상인들과 함께 담배를 피우는 일이나 시장통 아이들과 소란스레 얘기 나누는 것을 좋아합니다. 여기서 사람들을 만나는 것이 얼마나 즐거운 일인지 날마다 느끼지요. 그 삶을 살기 위해 나는 종일 여기 앉아서 양파를 팔고 있는 것이랍니다. 그런데 당신에게 이 양파를 몽땅 팔아 치운다면 내 하루도 그것으로 끝나지 않겠습니까? 그렇게 되면 나는 어디 가서 내가 사랑하는 것들과 함께 지낼 수 있을까요? 그러니 모두 줄 수는 없는 노릇이지요. 나는 내 삶을 위해 종일 양파 스무 줄을 파는 것입니다."

자신이 사랑하는 시장의 한구석에서 스스로 만족하는 삶을 꾸려 나가고 있는 인디언 노인의 지혜에서 우리는 단번에 돈을 많이 버는 것만이 능사가 아니라는 것을 배웁니다.


*

인생의 진정한 행복과 재미란 삶을 이루어 내는 과정인 것입니다. 아침에 밥 짓는 소리, 직장에서 자판을 두드리는 소리, 늦은 오후에 끓이는 커피 소리처럼 삶의 소소한 순간들을 사랑하며 살다 보면 어느새 당신은 세상에서 가장 행복한 마음의 부자가 되어 있을 것입니다.

# 지난 일에는
# 여한이 없습니다

_〈법구경〉 중에서


요즘 뉴스는 온통 자살과 살인 소식으로 덮여 있습니다. 그만큼 살기 힘들어졌다는 이야기겠지요. 또한 마음의 여유도 사라지고 있는 것입니다. 사랑을 나누어도 부족할 시간에 우리는 '나'만 생각하고 '타인'을 돌아보지 않기 때문입니다. 그리고 자존심을 내세워 상대를 이기려 들기도 합니다.

자존심을 내세우는 순간, 그것은 이미 사랑이 아니게 됩니다. 사랑은 이기고 지는 일이 아니기 때문입니다. 그러나 사랑도 경쟁처럼 하는 이들이 많습니다. 요즘 젊은이들 사이에 유행하는 '밀당(밀고 당기기)'이라는 말도 그래서 나온 말이 아닐까요? 상대를 좀 더 손쉬운 사랑 상대로 만들기 위해 감정의 용량을 마치 화학 약품처럼 조절하고 있으니 말입니다.

몇 년 전 동창회 사이트가 선풍적인 인기를 끌었던 적이 있습니다. 학교명과 졸업 연도만 입력하면 동창들을 만날 수 있어 많은 사람들이 이곳에 접속해 친구를 찾았지요. 당시 저에게 한 신도분이 찾아왔습니다. 말 못할 고민이 있어 보였습니다.

동창회 사이트에서 만난 친구와 어쩌다 보니 깊은 만남을 가졌다고 합니다. 지금은 뒤늦게 정신을 차려 헤어진 상태지만 이미 본인의 마음이 그 동창에게 많이 기울었다는 것이었습니다. 이미 가정을 꾸리고 있던 그분은 남편과 아이에게 죄의식이 느껴져 괴롭다고 했습니다. 저는 그분에게 이런 말을 해 주었습니다.

"있는 사람 소홀히 대하지 말고, 없는 사람 그리워하지 마십시오."

부모와 자식, 그리고 부부의 연은 억겁의 세월을 거쳐 맺어진 것입니다. 바로 지금 내 주위에 있는 사람에게 충실하지 않고, 내 곁에 없는 사람을 막연히 기다리거나 그리워하며 사는 것은 어리

어떻게 지난 추억이 생각나지 않을 수 있겠습니까. 추억을 만들 때는 알지 못합니다.
그것이 추억이 되리라고는. 마음속에 어려 있는 그것이 행복하기를 바랄 뿐입니다.

석은 일입니다. 지금 소홀히 대한 내 주변의 사람이 언젠가는 나에게서 영영 떠날 수도 있습니다. 만약 순간의 감정적 충동으로 남편과 이혼하게 된다면 남편과 자녀 둘 다 잃게 되는 셈입니다. 그러면 이번엔 떠나간 남편과 아이가 그리워지지 않을까요?

요즘은 비뚤어진 기형적 사랑의 모습이 많이 보입니다. 드라마에서는 온통 사랑에 눈먼 채 복수를 다짐하는 이들뿐입니다. 그러나 집착하는 사랑은 불완전연소를 되풀이합니다. 모든 것을 태우지 못한 채 재와 먼지를 남기는 온전치 못한 사랑이지요. 이들은 끊임없이 상대의 사랑을 의심하고 확인하려 합니다. 어리석은 사랑의 공통점입니다.

그러나 사랑은 나를 버리고 상대를 끌어안는 일입니다. 그리고 현재의 그 사람을 받아들이는 것입니다. 감정에는 과거가 없습니다. 사랑과 미움, 질투 등 내가 느끼는 이 격렬한 감정들도 시간이 지나면 사라질 심장박동에 불과합니다.


*

집착의 끈을 잘라 내십시오. 그리고 지금 내 옆에 있는 소중한 사람들에게 사랑한다고 말하세요. 그 사람들을 내 자신인 것처럼 받아들이세요. 허물도, 고단함도, 약함도 힘껏 안아 주십시오. 마치 그 사람이 나고, 내가 그 사람인 것처럼.

# 베풂의 디딤돌을
# 만드세요

　얼마 전 참으로 흐뭇한 뉴스를 보았습니다. 13년째 기부를 하고 있는 전주의 이름 없는 천사 이야기입니다. 지난 2000년 58만 원이 든 돼지 저금통을 주민 센터에 보낸 이래 13년 동안 성금을 보내고 있다고 합니다. 그 액수를 합하면 2억 9천만 원이 넘는다고 하네요. 선행이 알려지면서 전주시와 주민들이 그 뜻을 기리기 위해 천사 비석까지 세웠다고 합니다.

　올해도 언론까지 진을 치며 얼굴 없는 천사가 나타나기를 기다렸지만 만날 수는 없었습니다. 그저 "얼굴 없는 천사 비석 옆을 봐주세요. 어려운 이웃을 위해 써 주세요"라는 말과 함께 5천만 원이 넘는 성금을 보내 왔다고 합니다.

선행이 전국적으로 알려지자 이 비석을 보러 전주를 찾는 이들이 늘었고, 낙후된 도시 개발을 위해 정부에서 50억 원까지 지원받았다고 하니 얼굴 없는 천사의 선행이 지역 주민의 생활까지 바꾼 셈입니다.

이처럼 좋은 일은 끝없이 또 다른 선행들을 엮어 냅니다. 그러나 반대로 나누지 않는 삶은 허망합니다. 그것이 고스란히 제 자신에게 돌아오게 됩니다.


구두쇠에 관한 유명한 일화가 있습니다. 유럽의 한 마을에 구두쇠가 살고 있었습니다. 그는 여러 명의 하인을 거느리고 금은보화가 가득한 창고를 갖고 있었지만 가난한 마을 사람들에게 쌀 한 톨도 나눠 주지 않았다고 합니다.

어느 날 자신을 요리사라고 소개하는 한 나그네가 찾아와 단추 하나로 최고의 수프를 만들겠다고 했습니다. 이에 구두쇠가 허락하자, 나그네는 수프를 끓이기 시작했습니다. 그러다 냉장고에 있는 양배추 하나를 더하면 훨씬 훌륭한 맛이 될 거라고 구두쇠를 설득했습니다. 마지못해 허락하자 한참을 단추와 양배추를 넣고 끓이더니 이번엔 감자를 달라고 했습니다. 그리고 당근을, 양파를, 고구마를….

점차 나그네는 구두쇠의 창고 속 귀한 식재료를 달라고 해 수프에 넣었습니다. 한낱 단추로 시작한 수프는 이제 수십 명이 먹을 만한 넉넉하고 맛 좋은 수프가 되었습니다. 그러자 나그네는 부자에게 일러 굶주린 마을 사람들을 모두 초대한 후 나누어 먹었다는 이야기입니다.

오른쪽 주머니에 있는 돈을 왼쪽 주머니로 옮겨 놓고 "아, 오늘은 내가 좋은 일을 했어"라고 말할 수는 없습니다. 본래 우리는 공수래공수거, 빈손으로 왔다 빈손으로 가는 인생입니다. 옷 한 벌만 걸쳐도 비 피할 집 한 채만 있어도, 벌써 본전은 챙겼다고 생각해야 합니다. 이런 마음가짐으로 배짱을 갖고 베풀며 살아야 합니다.

노년의 남자분이 저를 찾아왔습니다. 지역 유지에다 빌딩도 여러 채 갖고 있는, 말하자면 부동산 재벌이었습니다. 그런데도 가난이 걱정이라고 했습니다. 알고 보니 자녀들에게 이미 유산 상속을 해 주었답니다. 상속을 하기 전에는 매일 집에 들러 문안 인사도 하고, 입의 혀처럼 굴던 자녀들이 막상 유산을 받은 후엔 알은 척도 하지 않더랍니다.

그동안 자기 힘으로 돈을 벌 생각도 하지 않고 생활비만 달라고 해 괘씸했지만 꼬박꼬박 주었는데 그런 것이 다 소용없는 일이었던 것입니다. 이럴 줄 알았으면 복지 단체에서 숱하게 기부 요청이 들어왔을 때 좋은 일이나 할 걸 그랬다면서 쓰게 웃는 모습이 안타까웠습니다.

232

큰 재산을 가지고 있다는 것은 좋은 기회입니다. 그것을 어떻게 사용하느냐에 따라 더 큰 가치를 창출할 수 있고, 그저 개인의 안위를 추구하는 데 그치게 될 수도 있습니다. 좋은 기회를 나의 디딤돌로 삼느냐 걸림돌로 삼느냐는 자신에게 달려 있습니다.

이에 반해 요즘에는 신선한 아이디어를 가지고 나눔을 실천하는 사람들이 많습니다. 얼마 전 지하철을 탔을 때였습니다. 시청역에 내렸는데 출구 쪽에서 책을 판매하는 분이 보였습니다. 요즘에는 지하철에서 책도 파는가 싶어 가까이 다가가 보았더니, 책이 아니라 잡지였습니다. 글, 사진 등 재능 있는 사람들이 자신의 능력을 기부해 만들어진 잡지를 노숙자들이 직접 판매하고, 수익금 또한 노숙자들을 위해 쓴다는 설명을 들으니 그 가치가 더욱 빛나 보였습니다.


✿

가진 것이 꼭 돈이어야 하겠습니까. 글이든 요리든 지식이든 나누려고 결심한 그 마음가짐이 곧 시작입니다. 소외된 이웃을 동정하며 흘리는 눈물보다 신명 나게 즐기고 웃는 와중에 나누는 것이 진짜 21세기적 나눔입니다. 흔히 나눔을 '복 짓는 일'이라고 합니다. 복이 넝쿨째 굴러 들어오도록, 웃으며 나누세요.

••••••

모든 관계는 상대적입니다. 내가 상대에게 하나를 건네면 상대도 나에게 하나를 건넵니다. 물론 하나를 건넬 때 그 이상을 돌려주는 사람들도 있습니다. 반대로 하나도 주지 않고 받기만 원하는 사람이 있습니다. 이럴 경우 관계는 끊어집니다. 단순한 진리입니다. 우리는 이러한 단순함을 외면한 채 살아갑니다. 손바닥을 보여 내가 주고자 하는 마음을 올려놓으세요.

# 언젠가 끝날
# 존재 놀이 앞에서

죽음을 경험해 본 사람은 세상 앞에 겸허해집니다. 암을 극복하고 살아난 사람들, 절체절명 위기의 순간에 살아난 사람들, 즉 죽음의 문 앞까지 갔다 온 사람은 삶을 대하는 방법이 다릅니다.

죽음을 직접 경험하지 않았더라도 사랑하는 가족의 죽음을 겪은 사람 역시 그렇지 않은 사람들과 다릅니다. 죽음은 분명 살아 있는 우리에게 무엇인가 깨달음을 줍니다. 인생무상, 허무함이라는 생각과 함께 지금 이 순간을 어떻게 살아야 할 것인가에 대해 생각하게 합니다.

태어나고 늙고 병들어 죽는다는 인간 생로병사 중에서 부처님은 무한하지 않은 삶, 언젠가는 죽을 수밖에 없는 삶에 가장 많은 회의를 느껴 출가를 했습니다.

죽는다는 것은 도대체 무엇이 죽는다는 것일까요? 몸과 마음, 영혼까지 사라지는 것일까요? 저는 사랑하는 사람들의 죽음을 경험한 후 삶과 죽음에 대한 회의를 느껴 그 길로 수행의 삶을 택했습니다. 그리고 공부를 한 끝에 몇 년 전 죽음에 관한 첫 책 〈언젠가 이 세상에 없을 당신을 사랑합니다〉를 출간했습니다. 그 책에서 저는 죽음에 관해 이렇게 말했습니다.

"나는 내 몸의 관리자일 뿐입니다. 임시로 관리를 맡아 먹여 주고 입혀 주고 재워 주고 가꾸느라 바쁜 세월을 지냈습니다. 한마디로 몸뚱이 챙기기에 바빠 '참 나'를 돌아볼 겨를조차 없었습니다. 그러나 늙고 병들어 죽는 것을 피할 길은 없었습니다. 이제 관리 시효가 다해 가는 것입니다. 얼마나 개운한 일입니까?"

이 몸을 가지고 할 일을 다했으니 다만 살아가면서 지어 놓은 업에 따라 또 다른 몸을 받으러 떠나는 것입니다. 따라서 죽음이란 헌 옷을 벗고 새 옷을 갈아입는 것과 같습니다.

모든 사람들에게 죽음이란 두려우면서도 알 수 없는 저편입니다. 당신에게 있어 죽음은 삶을 비춰 주는 불빛이 되어야 합니다. 그래야 지금의 삶을 바로 볼 수 있게 되는 것이지요. 우리 모두가 언젠가는 죽을 것이라고 생각해야 합니다. 죽음을 기억해야만 현재의 삶이 달라집니다.

메멘토 모리Memento mori라는 철학용어가 있습니다. "반드시 죽는다는 것을 기억하라"는 뜻입니다. 인간은 언젠가 자신의 일생이 끝나리라는 것을 알고 있습니다. 그럼에도 마치 그것을 알지 못하는 듯 우리가 이 세상에 온 이유를 잊고 삽니다. 우리는 잘 먹고 잘 살기 위해서 이 세상에 온 것이 아닙니다. 잘 마무리하기 위해서 온 것입니다. 무조건 많이 쌓아 두고 많이 먹는 것은 동물의 일입니다. 우리가 초등학생에서 중고생, 대학생이 되면서 더 배우고 성장하듯 인격과 품격도 성장해야 합니다. 닦아야 하는 것입니다.

인격과 품격이 성장하지 않으면 그것은 욕망만을 품은 어린아이와 같습니다. 많이 가져도 나누지 못합니다. 여유가 없습니다. 그런 사람들은 죽음이 눈앞에 닥쳤을 때 많은 후회를 합니다.

스스로 마음공부를 하며 깨달은 사람들은 나이가 들어도 아름답습니다. 비록 가진 것이 없지만 '내려놓음'의 의미를 아는 사람들은 그 영혼이 빛납니다. 이 세상에 와서 그렇게 살다 간 사람들이 잘 산 것입니다. 그런 사람들은 죽어서 새 옷을 입더라도 자신의 영혼에 걸맞은 옷을 받게 됩니다. 이생에서 마음을 닦지 못했던 사람은 다음번 생의 옷을 받더라도 짐승의 옷을 받게 됩니다.

우리는 언젠가 반드시 '죽는다'는 것을 인식하고 살아야 합니다. 사랑해야 합니다. 지금 만나는 사람, 하고 있는 일, 먹고 있는 음식, 볼펜 한 자루라도 언젠가는 가질 수 없다고 생각하면 그 모든 것과 순간들이 얼마나 소중한지요.

　많은 사람들에게 자신만의 묘비명을 만들어 보라고 권합니다. 죽음으로 현재의 나를 비추어 볼 수 있기 때문입니다. 가족들과 모여 앞으로 다가올 이별에 대비하듯 묘비명을 만들어 보세요. 언젠가 우리가 헤어질 것이라는 생각에 가족의 의미가 더욱 소중하게 다가올 것입니다.

　진정으로 죽음의 의미를 깨달으면 지금 이 순간이 얼마나 소중한지 모릅니다. 살아 있다는 것, 살아간다는 것이 얼마나 숭고한 일인지 알게 됩니다. 살도록 선고유예를 받은 날들, 그 짧은 생을 살고 가는 우리는 이 세상에 사랑하기 위해 온 것이라는 사실을 알게 됩니다. 돈 버는 일, 상처받는 일, 시련을 겪는 일, 미워하고 아파하는 일 등 수많은 삶의 존재 놀이 앞에서 부딪히는 모든 것들이 얼마나 소중하고 행복한 것인지 알게 됩니다.

❋

　죽음이란 또 하나의 깨달음입니다. 꽃은 지기 때문에 아름답고 우리는 언젠가 사라질 것이기 때문에 소중한 것입니다. 죽음과 절망, 고통의 저 끝까지 갔다 왔음에도 불구하고 끊임없이 자신과 싸우고 도전하고 극복하는 사람, 잘 죽는 것이 진정한 삶의 이유라는 것을 깨닫는 사람이 되어야 합니다.

살아가면서 항상 잊지 마세요. 언젠가는 모두 죽는
다는 것을. 그러니 모든 삶 앞에서 우리는 숭고해야
합니다.